夜逃げ若殿 捕物噺11

聖 龍人

時代小説
二見時代小説文庫

目次

牝狐《めぎつね》の夏——夜逃げ若殿 捕物噺11

序

真夏の光が女の顔に影を作っていた。

葉擦れの音が、静かな周囲をさらに静かな佇《たたず》まいに見せている。

蟬の声がときどき止まる。

光と影が交わる場所に、女が立っていた。

薄紅の小袖が、その女の佇まいを不思議な世界に誘い込んでいた。

「あんたが人形使いだったんですね」

「はて、どういうことでしょう」

「もうすこしで、私も騙《だま》されてしまうところでした」

「なんのことかまるでわかりませんが」

女の唇が濡れている。

なにかいいたそうな顔だが、じっと我慢をしているようにも見えた。腰のあたりを揺ら揺らさせているようにも見える。

だが、声をかけている男は、冷たい目線を送るだけである。

「私はどうしたらいいのです?」

「さぁ、本当のことを話してくれたらそれでいいのではないかな?」

小首を傾げながら、女は袂をそっと摘《つま》んだ。

風が女のほつれ髪を弄《もてあそ》んでいる。

第一章 立てこもり

一

夏の日差しは容赦《ようしゃ》がない。

上野山下《うえのやました》にある書画骨董《こっとう》、刀剣などの目利き、売り物を生業《なりわい》としている片岡屋《かたおかや》の離れ。

縁側に横になりながら、庭をぼうっと眺めているのは、ここの目利きをしている千《せん》太郎《たろう》。そばに若い娘が侍《はべ》って、同じように庭を見ながらため息をついている。

こんなときには、人だけではなく犬や猫もぐったりしていた。

千太郎も帳場には出ずにぐったりしている。

そばで若い娘が扇で扇《あお》ぎ始めた。

よそから見たら、なんてだらしない格好だと眉をひそめるかもしれないが、本人は周りの目など気にはしていない。

もっとまじめにやってください、と娘は小言《こごと》をいい続けている。

なにがだ、という顔をする千太郎に、お仕事ですからと娘は返した。

あぁ鑑定か、と千太郎は頷《うなず》くがあまりやる気はないらしい。

なんとなく怠惰な会話を交わしているが、じつはそれなりの身分あるふたりなのである。

千太郎は、下総稲月藩《しもうさいなづきはん》三万五千石のれっきとした若様である。

そして娘は、名を由布姫《ゆうひめ》といい、御三卿《ごさんきょう》田安家《たやすけ》にゆかりのあるお姫様。

このふたり、本来なら許嫁《いいなずけ》として上屋敷で顔を合わせるはずだったのが、千太郎は祝言《しゅうげん》を挙げたら江戸の町を楽しむことができなくなるからと、江戸家老の佐原源《さはらげん》兵衛《べえ》に「夜逃げをするぞ」といって屋敷から逃げ出してしまった。

由布姫のほうも負けてはいない。

もともと跳ね返り姫、じゃじゃ馬姫として知られる由布姫である。それまでも屋敷を抜け出して、浅草奥山《あさくさおくやま》で見せ物小屋に入ったり、両国《りょうごく》で船遊びをしたり。

常に供として一緒に出歩いていたのが、志津《しづ》という十軒店《じゅっけんだな》にある梶山《かじやま》という人形店から行儀見習の名目で由布姫の屋敷に奉公している娘であった。

奇《く》しくも千太郎と由布姫はお互いの素性を知らずに近づいた。

千太郎が由布姫の危機を助けたことで、急激に接近したのだが、ふたりとも許嫁を持つ身。

お互いに気持ちを知りながら、忸怩《じくじ》たる日々を送っていたのだが、ついに双方の身分に気がついた。

それからは、人目も憚《はばか》らない仲になってしまったのである。

屋敷を飛び出した千太郎は、上野山下にある、骨董品を扱う店の主人、治右衛門《はるえもん》と懇意になり書画骨董、刀剣などの目利きの力が認められ、とうとう居候《いそうろう》として、離れに住むことになったのである。

ぼんやりと庭を眺めている千太郎と由布姫のところにどたどたと音を立てて、男が入ってきた。

あまりいい目つきではないこの男、十手《じって》持ちである。住まいが山之宿《やまのしゅく》にあるために、山之宿の親分と呼ばれ近頃では、腕こきの親分として名前が売れているのである。

このような登場の仕方をするときは、なにか事件が起きたときなのだ。

千太郎と由布姫は、顔を合わせながら、うるさい男が来たぞと目配せを交わした。

別に嫌がっているわけではない。

むしろ楽しそうな顔つきである。

「今日はなんでしょうか？」

「はてなぁ」

千太郎は、にやにやしながら、

「雪《ゆき》さんは弥市親分がどんな事件を持ってくるか気になるらしい」

由布姫は普段は雪と名乗っている。

「そんなことはありませんよ」

そういいながらも、笑みを浮かべているのは、どんな事件を持ってきてくれるのか、楽しみにしている顔だ。

そこに汗を拭きながら弥市親分が入ってきた。

夏の暑さを逃がそうとしているのだろう、襟《えり》をぱっくりと開けている。

「なにをそんなに急いでいる」

寝転がったまま千太郎が訊いた。

「いや、まぁあれですよ」

「さっぱりわからぬ」

「じつは、波平《なみへい》さんがねぇ」

へへへ、とおかしな笑顔をする。

なんですその顔は、と由布姫が呆れ顔をすると、

「ですから、これがなんとまた、波平さんがある女性と出会いがあったという話を延々とされまして、へぇ。まぁ出会いといいましても見合いですけどね」

「それは目出度《めでた》いではないか」

波平とは、弥市が十手を預かっている南町見廻り同心の波村平四郎《なみむらへいしろう》のことだ。

「あの波平が？」

目を丸くしながら千太郎が問う。

「そうなんでさぁ」

惚《とぼ》けたところはあるが、千太郎は気に入っている。千太郎と似たところがあるかもしれない、と由布姫や弥市は考えているのだが、本人はまったくそんなことは思っていないらしい。

「波平さんが見合いか？」

心底から驚き顔をする千太郎に、

「へぇ、どうしましょう」

「別によいではないか」

波平さんにも春がきたのか、と千太郎はにやついている。

由布姫は、ちょっと首を傾げながら、

「お相手は、どんな方ですか？」

「へぇ、漆原源助《うるしばらげんすけ》さまという与力のお嬢さんです」

「どうしてお見合いなどを？」

へへっへと弥市は薄ら笑いをしながら、

「与力のお嬢さんが一目惚れをしたといいますから、これまた奇異な話でしょう？」

「波平さんに一目惚れ？」

これは驚いた、と千太郎は笑う。

「あんなすっ惚けた人が一目惚れされるなどとはなぁ。江戸というところは楽しいものだなぁ」

「そんな、千太郎の旦那だって雪さんという人ができているじゃありませんか」

「なにをいうか。私はいいのだ。できて当然なのだから」

「そんな勝手な」

「なにが勝手であるか」

ふたりのやり取りを止めながら、由布姫は呆れ顔をしている。

「本当にふたりは仲がおよろしいこと」

おや、嫉妬《しっと》ですかい、とにやにやしながら弥市はまた余計な科白《せりふ》を吐きつつ、

「漆原さんのお嬢さんは、お園《その》さんていうんですがね、これが今年十八歳になるという番茶も出花。親父さんはこれまた、鼻は潰れて唇厚く、猪首《いくび》の見た目どうしてこんな親からこんな可愛いお嬢さんが生まれたのか、鳶《とんび》が鷹《たか》だと周りから揶揄《やゆ》されるほど美しい娘さんでして」

「ほう」

興味深そうな目つきをする千太郎に、弥市はさらに勢い込む。

「そんなお嬢さんが波平旦那に一目惚れしたってんですから、江戸ってのは面白ぇところじゃぁありませんかい？」

「江戸は広いぞ海は大きいぞ」

「はぁ……」

「では、成り行きを見守っておくか」

そのひと言で、波平の話は終わったはずだったのに、

「波平さんがうらやましい」

千太郎が呟いたから、由布姫の目がぎらりと光った。

「なにかおっしゃいましたかしら？　千太郎さま？」

「あん？」

例によって惚けたふりでその場をごまかそうとするが、由布姫は引かない。

だが、あっという間に千太郎は立ち上がると刀架けから二刀を摑んで、

「ちと、行ってまいる」

「どこにです！」

半立ちになりながら由布姫が声をかけたときには、

「ちょっとそこまで」

いいおいて庭に降りると、枝折《しお》り戸を蹴立てて通りに出てしまった。

「まぁ」

呆れ顔で、弥市を見つめる。

「へ？　あっしのせいですかい？」

「違いますよ」

そういいながらも弥市を睨みつけ、それから千太郎が逃げていった方向に目を向けた。

「あ、はい、合点承知之助」

ようするに千太郎がどこに行ったのか探れという謎かけなのである。

それに気がついた弥市は、おっとり刀で庭に降りると、

「では、追いかけてみます」

後ろ姿を見せて庭から外に飛び出した。

弥市が通りに出て夏の光に手をかざしてみると、千太郎は不忍池《しのばずのいけ》の方向に向かって歩いている。

速度はゆっくりである。

「ははぁ、待っているんだな」

にやにやしながら、夏の光のなかを駆け抜ける。

「お待ちどおさまでした」

「ほい」

「……あのぉ」

「なんだ」

「もっとなにかいいようがねぇもんでしょうかねぇ」

「言葉をけちっていいことがありますかい？」

「ない」

「はい？　暑いから言葉が出ないと？」

「暑い」

「そんな大口で喋らなければいいじゃねぇですかい」

「口のなかに熱が入る」

「……まぁ、いいや」

「ふむ」

薄ら笑いしながら、弥市はどこに行くんです、と問う。

「はてな」

「決めてませんね」

「人の一生はそうそう簡単には決められぬのだ」

「そんな大げさな」

「春が来たら夏が来る。そして秋が来て、冬が来る。その次はまた春と夏だ。そうして秋が来て……」

「なんの話です？」

「人の生きる道は輪廻《りんね》だと申しておる」

「輪廻かなんか知りませんが、あっしの本音《ほんね》を訊いてくださいよ」

「輪廻と本音をかけたか。親分もやるものだなぁ」

「…………」

不忍池は水草が伸びて水面が隠れるほどだ。

水鳥たちの姿も草の陰でよくは見えない。

飛び立つと草のなかから空に向かっていくようである。

不忍池のなかに建てられている弁天堂《べんてんどう》の屋根は、赤く光っていた。

若い娘が熱心に手を合わせている。

池之端《いけのはた》を歩きながら、千太郎がかすかに頭を下げた。

「おやぁ、千太郎の旦那にそんな趣味があるとは思いませんでした」

「なんのことだ」

「いま、弁天さんに頭を下げたでしょう」

「違うな」

「あれ、違いましたか」

「まったく違う、足元のみみずを踏みそうになったから見たのだ」

「本当ですかい？」

「嘘をついてどうなる」

そうかなぁ、と弥市は左右に首を傾けた。

そのとき、正面から娘が血相を変えて走ってくる姿が見えた。

二

誰かに追いかけられているのか、何度も振り返りながら速歩で千太郎たちのほうへ向かってくる。

「あぶねぇ」

弥市が叫んだ。

案の定、娘は千太郎に胸から衝突する。

「あ！」

どんと大きな音がした。

「これは、申し訳ありません！」

咄嗟《とっさ》に千太郎は横に体をずらしたのにもかかわらず、女の体は千太郎の胸に伸び上がるように倒れ込んでいる。

「いやいや、よいよい」

由布姫が見ていたら、とんでもないことになっていたのではないか。やに下がった目をしながら、千太郎は女の体を抱きとめている。もっとも、そうしなければふたりともその場に倒れ込んでいたことだろう。

反り返っていた体を戻しながら、

「どうしたのだ」

女の目を千太郎は覗き込んだ。

問われた女は、はぁはぁと荒い息をしながら、答える。

「はい、悪い連中に追いかけられていました」

女が走って来た方向を見ると、確かに目つきのよくない連中が数人、千太郎を睨んでいる。

その者たちが、娘を狙っていたことは確からしい。

「ははぁ、あの者たちだな」

のんびりと声をかけた。

娘は、わなわなと震えて千太郎の袂を摑んでいる。

弥七は、そっと娘を呼んだ。

「こっちへ」

破落戸《ごろつき》ふうの連中がそばに寄って来たのだ。

はい、と娘は素直に弥市の陰に移動した。

兄貴分ふうの男が、前に出て、

「お侍さまは、もしかしたら片岡屋さんの？」

「おう、私の目利きの力はそんなに知られておるのか」

男は苦笑しながら違いますと、答えた。

「なにやらどこぞの親分さんと道楽しているという話を聞いたことがありやしてね」

「ふう」

まともな返事ではない。

「そのおかしな物腰であり、いい加減そうに見えてけっこう核心を突くとか」

男は、じろりと弥市に目を送った。

「どうやら、そこにいるのがその親分さんらしいですねぇ」

弥市は苦笑する。

威厳を取り戻そうとしたのか、十手を取り出して、

「俺がその親分さんだ」

娘を隠すように前に出た。

「どうでもいいからその女を、こちらに返してもらえねえでしょうか？」

「理由がないからなぁ」

「それならありますぜ」

なんだと問う千太郎に、男は目を娘に向けた。

破落戸ふうの男は三人だった。

兄貴分らしい男は、背が高く体ががっちりしている。

力仕事をしているような雰囲気だった。

あとのふたりは、それほどでもない。ただ、怒り肩を作って、威勢だけはよく見せている。

ふたりのうち顔の黒いほうが、一歩前に出てきた。

「女が俺たちをばかにしたのだ。渡せ」

「いや、娘さんは物ではないのでなぁ」

「なにぃ」

「渡したり、渡されたりする物ではない、というておる」

「やかましい！」

「元気がよいのぉ」

「なんだと？」

のんびりとした千太郎の態度に、喧嘩にならないのだろう、男はさらに目を三角にして、

「てめぇ、どこのさんぴんだ！」

「あいや。さんぴんとは人聞きの悪い。これでもれっきとした書画骨董、刀剣などの目利きであるぞ」

「ふん。目利きが聞いて呆れるぜ。そんなふざけた目利きがいるもんけぇ」

「おや、おや」

「ち……その惚け面をなんとかしろい」

「生まれつきだからなぁ」

変えようがないぞ、と笑う。

そんな千太郎の態度に破落戸たちは、唖然としたままどう対応したらいいのか考えあぐねているらしい。

「さぁさぁ、娘御こちらへ」

手を伸ばして、千太郎は女を連れて行こうとする。

男たちは慌てて女の手を摑んだ。

千太郎と男たちに引っ張られた女は、左右に手が開いてしまった。

「痛い！」

娘は千太郎に哀願する。

それを見た千太郎は懐から手ぬぐいを取り出し、先を結ぶと娘の腕を握っている男の手の甲に、結び目をぶつけた。

「わ！」

それほど強く叩いたとは思えないのだが、色黒の男が手を離した。

「くそ。石でも入れてやがるのか」

「いやいや、そんな姑息《こそく》なことはせんぞ」

わっはははと笑いながら、

「こっちへ！」

娘を連れてその場から逃げ出した。

すぐ離れてなりゆきを見ていた弥市が、十手を取り出して、奴らの前に出た。連中は、ぎょっとしてその場から動けない。

兄貴分ふうの男がそこから離れようとするのを、弥市がぐいと睨みつけた。

そのために、三人は足止めを食っている。

しばらく速歩を続けていると、千太郎は女の息が荒くなったのを見て、

「もう、ここまで来たら十分であろう」

不忍池が見える場所で、ふたりは足を止めた。

ありがとうございました、と娘は頭を下げながら、

「私は、篠《しの》と申します」

両国《りょうごく》にある薬種問屋、福丸屋《ふくまるや》の千恵《ちえ》という十九歳になるひとり娘がお花の稽古に出かけたので、その供をして来たというのだった。

篠は、最近祝言が決まった千恵の祝いにと簪《かんざし》などを見て歩いていた途中で、さっきの男たちに因縁をつけられた、とため息をつく。

「因縁をつけられるようなことをしたのかな?」

「それが、まったく身に覚えがないのです」

まっすぐ千太郎の目を見つめる。

「簪は、祝言のときに身につける小物のひとつでした」

そうか、と答えながら千太郎は、

「おや？」

くんくんと鼻を鳴らす。

周囲からなにやらいい香りが漂ってくるのだ。

「なにかいい匂いがするのだが」

「あ、それは」

自分の鬢《びん》付け油ではないか、と篠は答えた。

「おかみさんからいただきました」

「おかみさんというのは？」

「はい、千恵様のお母様で、名をお久美《くみ》様と申します」

「なかなかできたおかみさんだ」

「はい、よくしていただいております」

篠は、そういってにこりと笑みを浮かべる。

その物腰はしっかりとしつけられているように見える。

福丸屋という店の格が感じられるようであった。

「千恵さんとはぐれてしまったのだな」

はい、といいながらもあまり心配はしていないらしい。

「気にならぬのか」

じつは千恵様とはぐれるのは、いつものことだと苦笑する。もう慣れっこになっているのだ、と篠は半分困り顔を見せた。

「本当はお花の師匠のところにいるはずなのですが、いつも勝手に稽古の途中で抜け出して、ひとり歩きをしたり買い物に行ったりするので、お師匠さんも困っているのです」

「ほう」

「お家ではあまり気ままな行動ができない、と愚痴を聞かされますが……」

大店《おおだな》のお嬢様のひとり歩きは危険だ、とこぼす。

「何度いっても聞いてくれません。せめて私くらいは一緒にさせてくれてもいいと思うのですが」

「ひとりになりたいのだな」

「そのようでございます」

「ひとりにならねばならぬ理由でもあるのではないのか？」

「はて、といいますと？」

「祝言が決まったのであろう？」

「あ……逢引《あいびき》のことですか」

それもあるかもしれません、と篠は小さく笑ったが、

「あまり感じたことはありません」

自信あり気である。

「祝言の相手とは？」

はい、と篠は応じる。

相手の名は小三郎《こさぶろう》といい、浅草広小路で小間物を売る伊勢松屋《いせまつや》の若旦那だという。

今年二十三歳というから千恵とは四歳の差だ。

講仲間の紹介だというから、どこぞで見初《みそ》められたという話ではないらしい。となると、隠れて逢引きをする仲ではないのかもしれない。

千恵は純粋にひとりになりたくて、お花の稽古にかこつけているのだろう。

三

お嬢様の居場所はだいたいわかります、と篠は千太郎から離れようとした。

「いやいや、待て待て」

「なにか？」

「ひとりで歩いては危ない。まだあの連中が隠れておるやもしれぬ」

「はい」

「一緒に行こう」

ありがとうございます、といって篠は千太郎の横に並んだ。

正面の方向で光を反射する棒のようなものが振り回されている。

なんだろう、と千太郎が目を凝らすと、

「あれは、十手ではないか？」

弥市が千太郎の目に留まるように、わざとぐるぐるさせているらしい。

周りが迷惑そうにしているが、そんなことを気にするような弥市ではない。

十手の光に驚いた小鳥たちがちちちっと鳴き声を上げながら、木々から飛び立っていく。

そばで遊んでいた子どもが、もの珍しそうに十手を見つめている。

「親分、よくここにいるとわかったなぁ」

「なに、旦那たちが逃げた方向を追いかけて来ただけですから」

「奴らはどうした」

「これにものをいわせて、追っ払いました」

十手をぶんぶん振り回した。

最初から見せておけばよかった、といいたそうな目つきだったが、成り行きを見ていたのは、自分だということを忘れている。

こちらは、お篠さんだと千太郎は紹介する。

弥市は、そうかいと偉そうな態度を取りながら、なにか揉め事か、と問う。

篠は、それがよくわからない、と沈んだ顔を見せる。

実際、どうして襲われたのかわからぬのだろう、途方にくれた目つきだった。

「どこか行くところだったのか」

弥市の問いに、千恵お嬢様の居場所を探しているところだった、と答えた。

「千恵、とは？」

「親分、私がだいたいのことは聞いておる。後で話そう」

まずは、この篠さんを無事に千恵というお嬢さんのところに連れて行こう、と促した。

千恵はいま頃、お花の師匠のところに戻っているだろう、と篠はいった。

「その師匠の住まいはどちらだな？」

「両国の回向院裏《えこういんうら》です」

「よし」

千太郎は千恵に会えるまで送って行こう、と歩きだした。

大川の流れは、夏である。

川端を行く人は、みな一様に汗を拭き拭き歩く。

商家の板塀の上から顔をのぞかせる松の木なども雨を欲しがっているように感じられた。

回向院の門前には夏だというのに、参詣客が後を絶たない。

勧進相撲《かんじんずもう》が開かれるときには、境内は裸の男たちで満杯になる。相撲取りだけではない、観客が暑くて着物を脱いでいるからだ。

あまりにも暑いときには、水をかけるから、体からほとばしる熱気が水をお湯に変える。そのために湯気まで立ち上がるほどなのだった。

だが、今日は大相撲の日ではない。境内から湯気が立ち上がることはない。

緑の苔むした石の見える門前に、千太郎は弥市、篠とともに立っている。

静かな夏の境内から、娘たちの集団が歩いてきた。

「先頭を歩いているのが千恵お嬢様です」

篠が安堵の声を出した。

自分に降りかかった危険は、千恵とは無縁だったと安心したのだろう。

夏らしい空色をした紗《しゃ》の小袖に、波紋の帯。赤い駒下駄を履いてからころと音をさせながら歩く姿は颯爽《さっそう》としている。

鼻梁《びりょう》がつんと尖《とが》っている顔から、負けず嫌いで気の強そうな雰囲気を醸し出していた。

「お待ちしておりました」

篠が頭を下げたが、千恵の目は千太郎に向けられている。

「こちらは？」

高見からの視線だった。

「ほほう……」

例によって惚けた顔をする千太郎に、千恵は小首を傾げながら、

「篠、こちらはどなたです」

「私から答えましょう」

笑みを見せながら、千太郎は上野山下の目利きである、と自己紹介をする。

「目利きさん？」

そんな侍とどうして篠が一緒にいるのだ、と疑問なのだろう、目を微《かす》かに細めながら、

「なにかあったのですか」

「いや、どうということもないのだがな」

乱暴者たちに襲われそうになっていたのだ、と千太郎が答えた。

「お助けいただいたのですか？」

「たいそうなことはしておらぬ、一緒に逃げただけのこと」

謙遜《けんそん》なのだが、千恵は半分軽蔑の目で千太郎を見つめる。どうやら、人の言葉を忖《そん》度《たく》するほどの度量は持ち合わせていないようであった。

「そうでしたか」

危険から身を助けてもらったことに対して、感謝する雰囲気ではない。

「篠、帰りますよ」

「はい……」

もうすこしなんとか応対の仕方があるのではないか、と篠が考えているのは明白だった。ちらりと千太郎と弥市に目で合図を送って、さっさと歩きだしている千恵の後

ろを追いかけていくのだった。

　そんな態度はいま始まったことではないのだろう、一緒に歩いていた娘たちは別段驚きもせずに、それでも千太郎には頭を下げてから、それぞれの帰路へ向かう。

　千太郎とふたりになった弥市は、ちっと舌打ちをしながら、

「なんです、あれは」

　腹に据《す》えかねるという声だった。

　その翌日――。

　や！

　とう！

　元気な声が破裂しそうなほど響いている。

　ここは、最近体が鈍《なま》るのを防ごうと通《かよ》っている、山下のはずれ、寛永寺《かんえいじ》の右奥から谷中《やなか》の鬼子母神《きしもじん》近くにある、開導館《かいどうかん》という剣術道場である。

　わずか二十畳程度の稽古場がいっぱいになるほどの剣客たちが集まって、お互いの腕を磨き、競い合っている。

　道場主は、皆川惣右衛門《みながわそうえもん》といい一刀流を教える道場であった。

「いざ！」

声の主は由布姫である。

白鉢巻《はちまき》に白襷《だすき》。裁付袴《たつつけばかま》を穿《は》いて勇ましく薙刀《なぎなた》を持ち、足は腰幅。体は斜め半身《はんみ》になっている。中段の構えである。

対するのは、千太郎。

こちらはいつもの着流しから青い道着に着替え、木刀を青眼《せいがん》に構えていた。

先ほどからふたりとも動く気配が見えない。

その緊張感のある佇まいに、周りで稽古をする者たちも目を奪われ始めている。まるで真剣勝負のような気配を感じているのだ。

だが、ふたりの目はにこやかだ。

先に動いたのは、千太郎だった。

誘いをかけるように、青眼から八双《はつそう》に構えを変えたのである。

その瞬間だった。由布姫の薙刀が上段に構えが変わり、すすっと体が前に出た。

その変化の間合いを、千太郎は見逃さない。

「それぇ！」

小さく声を出してかすかに体を右はすに構えたまま、足を前に出した。

腹部に向けた小さな突きだったが、その動きは鋭い。当たれば怪我をするか、その場で失神させせられるに違いない。

しかし、由布姫はその突きを上から叩きつけて避けた。

周りから見ていると、そのふたりの動きはまるで計算されているように見えた。もちろん、瞬時に判断してのことである。

また動きが止まった。

稽古中の若者たちは、座ってふたりの稽古に目を向け始めた。

稽古を見守っている皆川惣右衛門も、身を乗り出している。

ぐるんと由布姫の薙刀が円を描こうとしたそのときだった、

「かぁ！」

千太郎の体が前に飛んだ。といっても空を切ったわけではない。

一寸ばかり板の間から離れているだけである。一間半は動いただろう。

それと同時に、由布姫の体が交差した。

おなじく、水の上を滑るような動きだった。

「か！」

由布姫の口から鋭い気合が飛ぶ。

その間、なにが起きたのかそれを見破ったのは、皆川惣右衛門だけである。

「お見事！」

声がかかると、千太郎と由布姫はすぐ跪《ひざまず》いた。

「おふたりの腕は僅差ではありますが」

と、由布姫がすこし悔しそうに、

「私の負けです」

「そうでしたな。わずかな差ですが、やはり千太郎さんのほうが……」

「そのうち勝ちます」

負けず嫌いの由布姫らしい返答だった。

「いやいや、それはありません」

にやにやしながら千太郎が由布姫に目を送る。

「どうだ、いまの打ち合いをしっかり見届けることができた者はおるか」

羽目板の前にずらりと座っている門弟のなかで、ひとりとして手を上げた者はいない。

「うううむ。情けないが、まぁ仕方あるまい」

つまりは、毛筋ほどの違いでしかない、ということであろう。常人には計り知れない僅差なのである。それを見破る皆川惣右衛門はさすがであった。

四

外で千太郎が上半身肩脱ぎになって井戸の水を使っていた。

となりでは、由布姫が手ぬぐいを濡らして、首や腕などを拭いている。

その姿をじっと見ていた千太郎が、声を上げた。

「ほう……」

「なんです？」

「いや、なるほどなかなか美しいと思うてなぁ」

「なにがです」

「その腕です」

「おなごの腕を褒めるなど、あまりよい趣味ではございません。そんなに不躾《ぶしつけ》に見るものでもありませぬ」

「堅いことをいうてはいかぬぞ。ふたりはそのうち祝言を挙げる間柄ではないか」

「……千太郎さん」

「はい？」

「近頃、なにかよからぬものでも食しましたか」

「はて」

「いうことが……」

「いうことが？」

「……あからさまです」

「そうかなぁ」

「そうです」

「ふふ……それもまた楽しきかな」

にんまりとしながら体を拭いていると、ばたばたと足音が聞こえてきた。

とととと、っと井戸端の前まで来て、足を止めたのは弥市である。慌てふためいているのは、なにか事件でも起きたのであろう。

六方《ろっぽう》でも踏むような格好で足を止めた弥市は、

「親分！」

「なんだって？」

「いや、間違えました。旦那！　事件です」

「その顔を見たらだいたいのことは想像がつく」

「そうですかい、では行きましょう」

「どこにだ」

「ですから事件の場所ですよ」

「聞いておらぬぞ」

「想像がつく、といいました」

「へ理屈をいうでない」

「では、こちらへ」

由布姫は、呆れ顔でふたりの会話を聞き流している。止める気持ちもなさそうである。

千太郎は、ちらりと由布姫に目を向けてから、

「では、行ってくる」

「どうぞ、ご勝手に」

ふむ、と頷いて千太郎は弥市の後ろを駈けだした。

向かう途中、弥市が話しかける。駆けながらだから、声がとぎれとぎれになりがちだ。そのせいで、何度も聞き返すことになってしまった。

「よくわからんが、福丸屋というたかな？」

「へぇ、両国の福丸屋という薬種問屋なんですがね」

「どうしたって？」

「蔵に娘がふたり、男に閉じ込められているというんですよ」

「両国なら、縄張り外ではないか」

「波平の旦那が、与力に頼まれたとのことで、見廻りの途中呼び出されたんですよ」

「親分もいい顔になったものだ」

へっへへ、とにやけながら、旦那のおかげです、と囁《ささや》いた。

「なに？　聞こえぬぞ」

「……ですから、千太郎さまのおかげですといいました」

「はん？　もっと大きな声で」

「ですから……、ち。また騙《だま》された……」

「いやいや、何度聞いてもそのような言葉はうれしいものだぞ」

「まぁ、本当に旦那のおかげですから」

「ふふ。そうであろうそうであろう」

にやけながらも、福丸屋という名前に聞き覚えがあるぞ、と弥市を見る。

「あの篠とか、千恵とかいう娘たちのところではありませんかい？」

「おう、あの者たちか……」

千太郎は頷き足を速めた。

そのとき、同じように後ろで足を速めた者がいる。

「勝手にとはいいましたが、本気で私を置いていこうなどというのはとんでもない話です」

ぶつぶついいながら、体を横に向けつつ、裾を摘んで速歩で追いかけてきたのは由布姫だった。

福丸屋に着くと、店の前には野次馬が集まっていた。

早く助けてやれ！　という怒声が飛び交うなかを、千太郎と弥市は人をかき分け店のなかに入った。

弥市が十手を見せながら、主人はどこにいるか問うと、

「私が主人の釜次郎《かまじろう》と申します」

五十にはまだ届いていないと思える男が前に出てきた。夏らしい薄衣を着ているが、額から首筋にかけて汗だらけである。

自分の娘が蔵のなかに押し込められているのだ、汗もかくだろう。

顔を真っ青にしながら、お助けくださいと懇願する。

なにがどうなっているのか、と弥市が訊いた。

「どこから入ってきたものやらよくわからないのですが、いま二番蔵のなかに娘の千恵と下女の篠が一緒に監禁されております」

「男の身元は？」

「それがよくわかりません」

そこに、後ろから弥市を呼ぶ声が聞こえた。額に汗を光らせながら由布姫が駆け込んできた。

「親分！」

「あ！　雪さん」

由布姫の素性を知らない弥市は、どこぞ大店の娘で名前も雪だと思っている。

「どうしてこんなところへ。まだ立てこもりとしかわかっていません。相手がどんな野郎かはっきりしていませんよ。危険ですから」

店から外に出ろと弥市はいうが、

「なにをいうのです、女とはいえ私の腕を親分も知っているでしょう」

「……まぁ、何度か見たことはありますが」

それでも外に出ろ、という弥市に、

「男が立てこもっているんでしょう？」

「そのようですが、へぇ」

「だったら、私のほうが都合がいいのですよ」

「なぜです？」

「男が声をかけるより、女の私がやさしく諭《さと》したほうが立てこもっている男も気持ちを和《やわ》らげるのではありませんか？」

「なるほど……道理です」

納得しながら千太郎を見つめると、千太郎もそのほうがよい、と応じた。

「蔵へは中庭から行けます」

釜次郎が荒い息で肩を上下させながら弥市に告げる。

早くなんとかしてほしいのだろう、足をもつれさせながら千太郎、由布姫、弥市を中庭に連れ出した。

庭はコの字型に囲まれていて、奥にふたつの蔵が立っていた。

白塗りに漆喰《しっくい》で目塗りされた蔵の壁は、夏の陽光を力強く受け止めている。普段ならそれが盗賊などに対する力になるのだろうが、いまは逆になっていた。壁が娘たちの状況をまったく不明にさせているのである。

由布姫が数歩、前に出た。

ちょっと振り返って、千太郎を見る。

千太郎がとなりに並んで、蔵の周りを歩きだした。すぐとなりに一番蔵はあるが、その間は人ひとりが通れるくらいの隙間だった。

それでもていねいに草刈りがされているから歩きやすい。

二番蔵の北側に明かり取りの窓が設《しつら》えてあるが、それ以外、蔵に入るためには、正面の観音扉を開くしかないようだ。

扉はなかから心張り棒をかけているのだろう、びくともしない。

耳を扉に貼りつけてなかの音を窺ってみたが、なにも聞こえない。

「どうしましょう」

由布姫は、どのように声をかけようかと思案する。

あまり、相手を刺激したら逆効果だろう。

興奮している男を宥《なだ》めなければ意味がない。

「そこの方……」

名は知らぬのだ。

返答はない。辛抱強く由布姫は続けることが大事だと思った。

「なにか、私にできることがありますか？」

ことりとも音はしない。

「お腹は空いていませんか？」

「お前は誰だ！」

ようやく応対があった。

まったく無視されるよりは、脈があると思えた。

由布姫は続ける。

「あなたのことを教えてください」

「やかましい。女たちはみな嘘つきだ。お前も信用ならねぇ！」

「ま、それは悲しいお言葉ですこと」

「やかましい！　帰れ」

「いまのままでは、先が見えませんよ」

ほっといてくれと、声は叫んだ。

そばに千太郎が寄ってきた。

「娘たちの様子が知りたい」

頷いた由布姫は、また窓のそばに近づいて、

「娘さんたちの声を聞かせてください」

だが、男はいっさい話をやめてしまった。奥に下がってしまったのかと思ったがどうやら違ったらしい。

窓のそばに男の顔が見えていたのである。

「娘さんたちは、元気ですか！」

ふたたび、訊いてみた。今度は返事があった。

「声だけ聞かせてやろう」

ガサガサと音がした。なにをしているのかわからないが、叫び声が聞こえたわけではない。危急の揉み合う音なども聞こえてはこない。

「ひとことだけだ」

男の声がいった。

由布姫は、わかりましたと答える。

窓のそばに顔が見えた。ふたりいるからどっちかわからずにいると、千太郎が篠さんだと教えた。

「篠さんですね」

頷きながら由布姫は、窓に向かって声をかけた。

「助けてください」

声が震えている。

千太郎が窓のそばに寄って、

「千恵さんは大丈夫か」

訊くと、頷きながらなんとかしのいでいますと答えた。

「それは重畳《ちょうじょう》」

千太郎が頷く。

最悪の事態は起きてないらしい。それだけでも良かったという顔をする由布姫と千太郎は目で確認しながら、さらに窓へ声をかけた。

「腹は減っておらぬか」

そればかり訊く、と由布姫は苦笑する。

返事はご心配なくという言葉だった。

危険はないかと訊いていると篠は受け取ったのだろう。

下女とはいえ、篠はなかなかの器量を持っている、と由布姫は感心する。

突然、きゃっと声が聞こえて、篠の体が消えた。

男が篠を奥へ引きずり込んだのだ。

代わって男が窓に近づいて来た。はぁはぁと荒い呼吸が聞こえてくる。このまま興奮させると、なにをしでかすかわからない。

「腹は減っておらぬか」

千太郎が訊いた。

「やかましい！」

「では、なにをしてほしいのだ。話によっては聞いてやらぬこともないぞ」

「ここから出せ」

「それには、条件があるなぁ」

「女たちは、俺が無事に出ることができたら返す」

「なるほど」

「その約束をしねぇならこのままだ」

「いやいや、長時間そんな蔵のなかにいると、体が蔵臭くなるぞ。それに腹も減るから考えなおしたほうがいいなぁ」

「……お前は誰だ」

「誰だと訊かれて名乗るほどでもないが」

上野山下にある片岡屋の目利きだ、と答えた。

「目利きだと？」

「ただの目利きではないぞ。悪人の目利きもやる。そういえば、お前はそれほど悪党には見えぬが、どうだな？」

ふざけるなと、男は叫んで奥に戻っていった。

五

母屋に戻ると、渡り廊下と庭の際に釜次郎が待っていた。

遠目からも千太郎と由布姫がどんな様子だったのか、見えていたらしい。すぐそばに寄って来ると、

「放してくれないのですか」

まだだと千太郎が答えた。

由布姫はかすかに困惑の色を見せている。どうした、と千太郎が目で問う。

「なにか、おかしいのです」

由布姫が呟いた。

「篠さんはしっかりしてるのはわかります。でも、お嬢さんのほうはどうなのか、それがまるでわからずじまいでした」

「ふむ」

「それに、あんな状況なのにまったく後ろから声も聞こえませんでした」

「震えていたのかもしれぬ」

「普通なら自分の声を聞かそうと窓ぎわに近づいてくるものではありませんか？」

「動けなかったのであろう」

「そうでしょうか」

「なにがいいたい？」

「……私もよくわからないのです」

しばらく思案していた千太郎は、釜次郎を呼んだ。

「あの蔵に、三人はどうやって入ったのだ？」

「さぁ、それがよくわかりません。気がついたらこんなことになっていたのです」

使用人たちも三人がどんな様子でなかに入ったのか、知らないという。

そのときだった。

「きゃぁ！」

蔵のなかから大きな叫び声が聞こえた。

娘ふたりに危険が迫ったのかもしれない。

「裏に隠し戸があります！」

釜次郎が叫びながら飛び出した。

「それを早くいえ！」

千太郎と由布姫が続いた。

釜次郎は裏に走って行く。裏の隠し戸に行こうとしたのだろう。だが、その足が止まった。

大きな声が聞こえたからだった。

「助けて！」

「きゃ！」

釜次郎は鍵を振り回しながら、裏へ回ろうとしたのをやめて、正面の観音扉に向かった。鍵をはずしてもなかから閂《かんぬき》がかかっているはずだ。扉は外からは開かない。

そのとき、ぎぃと音がして観音扉がなかから外に向かって開かれた。

「お篠……」

篠がふらふらと呆けた顔をして外に出てきた。

「篠！」

釜次郎の叫び声にも、反応できないほど目がうつろになっている。

小袖の胸元はだらしなく開かれ、裾も左右に割れ太腿が露《あらわ》になっている。

赤い斑点のようなものが見えた。血がついているのだ。

さらに手には血染めの匕首《あいくち》を持っていた。

「千恵は？　千恵はどうした！」

釜次郎が肩を摑んで揺すると、篠は首をがくんがくんさせているだけだった。

「篠！　しっかりするんだ！」

呼びかける釜次郎の声にようやく気がついた風情《ふぜい》で、

「旦那様……」

「千恵は！　千恵はどうした！」

扉の横を由布姫がすり抜けて、蔵のなかに潜り込んでいく。

千太郎は、篠を家のなかに連れて行くように伝えてから、由布姫に続いた。

蔵のなかはうっすらと明かりがついていた。座敷用より大きな角行灯の光だったが
外から入り込んだ千太郎と由布姫には暗かった。

じっとしていると、目が慣れて周囲がなんとなく見え始める。
一番奥に階段があった。
その横に長持《ながもち》が転がっていて、そこに男の体が横たわっている。
男は背中を刺されて息が止まっていた。
階段に持たれるように女の体がだらりと垂れ下がっている。
千恵である可能性が高い。
千太郎は、そっとそばに寄って確かめた。顔を見るとやはり千恵である。
胸を血で染めていた。
千恵の肩を摑んで小さく揺すってみるが、まったく動きはない。
「死んでいる」
思わず呟いた。
篠を使用人に任せた釜次郎が後ろに来ていた。
わっと叫んでその場に崩れ落ちた。
千太郎は、長持の前に移動した。
髷《まげ》が歪んだ男が力なく倒れている。
「知った顔か？」

千太郎の問に釜次郎は、首を横に振った。

「知らない。見たこともない」

だが、蔵に入り込んだことは確かである。

この状況は誰かが手引きしたと考えるしかない。

篠か、あるいは千恵か？

あるいはなにかの拍子に、裏戸が空いたのか？

答えは、なかなか出そうにはない。

使用人が集まってきて男を外に連れ出した。

外では篠が由布姫に体を支えてもらいながら、額に冷たい手ぬぐいを当ててもらっている。

地面に男を寝かせて、莚《むしろ》をかけた。

釜次郎が、階段で力なく垂れ下がっている娘の前に進んだ。

肩を震わせていた。

この蔵のなかでなにが起きたのか。

それは篠が見ているはずだが、いまは茫然自失となっているために、問いかけてもまともに返事ができるような状態ではないだろう。

それでも弥市は容赦がない。

「話を聞きてぇんだがな」

うつろな目をしている篠の前に立って十手をつき出した。

「やめてくださいよ」

由布姫がそばに寄って、十手を横に押した。

「雪さん……」

しょうがねぇなぁ、という目で由布姫と篠を見比べる。

「かまいません」

ゆっくりと篠が由布姫に顔を向けた。

「でも……」

「大丈夫です」

なんなりと訊いてくれと、篠は呟いた。

そうかい、と弥市は十手を背中に回して、じゃぁ訊かせてもらおうか、としゃがみ込んだ。そばに釜次郎が寄ってきて、そっと肩から羽織をかけてあげている。

「いやにやさしいじゃねぇか」

弥市が呟いた。

女中にそれだけの気配りを見せる釜次郎に、驚いているのだった。

篠の唇が、ありがとうございます、と動いていた。その顔は満足そうな色に包まれている。

だが、肝心な弥市の問いには、なかなか答えることができない。

蔵のなかでどんなことが起きていたのか、誰がどんな会話を交わしたのか。男は誰なのか、千恵が殺されたのはなぜか……。

すべて、篠はぼんやりしているだけで、まともな返答ができなかった。

「親分さん」

見かねて由布姫が弥市のそばに行き、

「いまの篠さんには無理でしょう」

「確かに……」

「どうです、親分。もうすこし篠さんの気持ちが落ち着くまで待ってみては」

「まぁ、逃げる様子は見られねぇから、それでもかまいませんがねぇ」

少々、不服そうに弥市が答えた。

第二章　風車《かざぐるま》

一

釜次郎の部屋に連れて行かれた篠は、一度まるで蔵のなかで起きたことを忘れてしまいたいと思っているように、深く眠った。

それまでどれだけ気を使ったのかと、釜次郎も、起きるまでそのままにしてあげよう、とそっとしておいた。

一刻近くは寝ていただろうか。

起きたときには、空が暗くなりかかっていた。

千太郎と由布姫は客間に通されて、篠の目が覚めるのを待っていた。

女中が篠の目が覚めたと呼びに来るまで、弥市は十手を抱えて居眠りをしていた。

篠は先ほどに比べると顔色は戻っているようだった。

「気分はどうかな？」

千太郎がやさしく声をかける。

「ありがとうございます」

答えながら、目には怪訝《けげん》な雰囲気が含まれている。千太郎とは池之端で暴漢に襲われたときや、蔵から出てきたときに、会っているのに覚えていないのだろうか。

「無理もないですねぇ」

由布姫が、静かに呟いた。

十手を見せながら、自分は山之宿の弥市だ、と名乗ってから、

「こちらは、お前を心配してきてくれた上野山下の目利きさんだ」

安心させるように告げた。

「起き抜けで申し訳ねぇが」

弥市は、にじり寄って、

「なにがあったのか、思い出してもらいてぇんだが、大丈夫か？」

「はい」

小さく頷いた篠の目はまだ本調子とは思えない。

それでも気丈《きじょう》に、弥市に応じた。

釜次郎は後ろで体を縮めている。

詳しい話を聞きたくないのだろう。なにしろ、娘は胸を血で染めて事切れていたのだ。

女房のお久美は、寝込んだままでこの部屋には顔を出せずにいる。

篠の顔は瞼《まぶた》が腫《は》れて別人のようになっていた。泣き腫らしたのだろう。

弥市が問う。

「どうして蔵に入ったんだ」

「はい……千恵お嬢様の祝言用に持っていく小物を探すつもりでございました」

「男も一緒だったのか」

「いえ、突然のことでした」

「奴はどうやって入ってきたんだ」

「それが、まったくわからないのです。千恵お嬢様もなにが起きたのか、という顔で男をぽかんと見ていました」

「予《あらかじ》め約束していたんじゃねぇのかい」

弥市は、千恵か篠が最初から蔵のなかにいると伝えていたのではないか、と疑って

いるのだが、篠は首を振りながら、

「そんなことはありません」

強く首を振った。

千恵はこれから祝言を挙げようとしているのだから、そんな馬鹿な行動を取るわけがない、という。

「おめぇさんはどうなんだい。隠れた男がいたんじゃねぇのか」

「とんでもございません。私はお店に奉公しているのですから……」

そんなことをするはずがない、暇もないと顔を伏せながら答えた。

そうか、と弥市は頷きながら、

「知り合いの男じゃなかったんだな」

「はい。最初は千恵お嬢様の知り合いなのか、と考えました」

「なぜだい」

「お嬢様が、非難の声を上げなかったからです」

「おめぇさんはなにをしていたんだ」

「どうしたらいいのかまるでわかりませんでしたので、お嬢様がどんなことをいうか、それを待っていたのです」

「それで？」

「はい……」

答えながら、いきなり篠は顔を覆ってしまった。肩が震えている。

「どうしたんだ」

なんとなく予測はついているはずだが、弥市は念を押した。

「男がお嬢様を……」

「手籠《てご》めにしたのか」

ちいさく頷き、わぁっ！ っと泣きだした。

「私がぼおっとしていたばかりに」

「男が襲う前に、なにか言葉はいわなかったのかい。恨みとかなんとか」

「いえ、いきなりだったと思います。でも、あまりにも唐突だったので、目の前でなにが起きているのかよくわかりませんでした」

「そのときの状況をしっかり話してくれ」

いやいやをするような仕草をしながら、篠は肩を震わせ続けている。

後ろから釜次郎の呻き声が響いた。自分の娘が危険にさらされた話など、聞きたくないのだろう。

「やめてくれ……やめてくれ……やめてくれ……」

ぶつぶつと同じ科白を言い続け、気が狂《ふ》れたようになっている。

「親分……それからは私が訊きましょう」

由布姫が前に出た。

女同士で話したほうがいいという申し出に、弥市も身を引いた。

釜次郎に向けて、由布姫はふたりに部屋を貸してくれないかと頼むと、ようやく独り言を止めて、となりの部屋が空いているからそちらを使ってくれと首を向けた。

「立てますか？」

由布姫に問われた篠は、はいと答えて腰を上げた。

襖で仕切られていたとなりの部屋に、由布姫は篠を連れて行った。


部屋に入ったふたりは、相対して座った。

客間とは異なり、長持《ながもち》が転がっていたり、衣桁《いこう》が斜めになっていたり、どこか雑然とした雰囲気の部屋であったが、篠にはそんな周りが見えているかどうか。

由布姫は篠の気持ちが落ち着くのを待っている。

息を整える篠は、顔を伏せたままなかなか言葉を吐くことができずにいる。

「そろそろ落ち着きましたか？」

由布姫の問いに、篠はかすかに頷いた。

「はい。どこからお話ししましょうか」

「男が入ってきたといいましたね。知らない男だと」

「……見たことのない顔でした。そのためにかえって呆然としていたのではないかと」

「そんなこともあるかもしれませんねぇ」

賛同することで篠の言葉をなめらかにさせようという由布姫の考えだった。

「それからどうなりました？」

「お嬢様は呆然とした顔で、この男は誰だ？　といいたそうな目を私に送ってきました」

「男はどこから来たのです？　正面の扉からですか？」

「いえ、それが急に入ってきたように感じました。もしかしたら最初からなかで待っていたのかもしれません」

行灯《あんどん》に火をつけたために、その存在がはっきりしたのではないか、というのだ。

暗がりについた行灯の光に照り返す匕首が見えた。

男はその先端を千恵に向けてじりじりと近づく。その姿はまるで獣を追い詰める猟師のように見えた。

「千恵さんはそのときどこにいたのですか？」

詳しく場所を教えてくれるようにと伝える。

はい、と篠は周囲を見回しながら、

「私は扉の前に、お嬢様は階段のすぐ前です。私は扉の前からすこし動いて、行灯に火を入れたのでその角にいました」

そういって、まるで蔵のなかにいたときのように、指差した。先には角行灯が転がっていたのだろう。

千恵は唖然として体を固くしていたらしい。

「まるで幽霊でも見たのではないか、そんな目つきでした」

「男を知っているとは思えなかったのですね」

「はい。知っていたら名前を呼ぶのではないかと」

その言葉に由布姫は頷く。

「いわれてみたらそのとおりですね……」

それから男はどうしたのかと訊く。

「はい。匕首を持ったままじりじりお嬢様のそばまで行くと、なにか囁きました」

「囁いた？」

はい、と答えた篠だが内容までは聞こえてこなかったと首を振った。

「そのとき男の顔はどうだったですか？　怒っていたかそれとも困っている様子だったか、それともほかになにかいいたいことがあるとか、なにか気がついたことはありませんでしたか？」

しばらく思い出そうとしていた篠だったが、

「こちらからは顔までは見えませんでしたので……」

どんな言葉をかけたのかも聞こえてはこなかった、と沈んだ目を見せた。

二

ある程度聞き出してから、由布姫は篠を残して千太郎たちが待つ部屋に戻った。

千太郎たちの前で篠から聞いた千恵が男に襲われたときの動きを、由布姫はまとめている。

男は匕首を突きつけて千恵のそばまで行くと、なにかを語りかけたのだが、千恵はそれをまともに聞いてはいなかった。

というよりは、まともに相手ができるような状態ではなかったのだろう。

千恵は、階段に登りかけた。

そこに匕首を持った男が襲いかかったために、揉み合いになった。

千恵は男の匕首を奪い取ろうとする。

だが、もつれた拍子に男が千恵の胸を刺した。

そして気がついたら、男が背中を刺されて倒れていたという。

いやに簡単だ、と弥市が呟く。

大の男がそうそう簡単に女に背中を刺されてしまうものか、といいたいらしい。

しかし、そこで疑問が増える。

男を刺したのは誰か？

由布姫の問いに自分かもしれない、と篠は泣きだした。

「あまりにも突然に一度にことが起きたので、なにがなんだかはっきりとは覚えていないのです」

篠は涙目で訴えた。

本当に覚えていないのですか、と由布姫は何度も念を押したが、

「本当に覚えていないのです、そのときのことがぽっかり穴が空いたようになっていて……」

そこまでいわれると由布姫も仕方がない。

大泣きされてしまっては、それ以上の話は訊けなくなってしまった。


由布姫から話を聞いた弥市は、ちっと舌打ちをしながら、

「旦那……」

手詰まりになってしまったといいたそうに、千太郎に目を向ける。

「ふむ」

役人たちが調べ回っているらしいが、男の名前もまだ判明していないのだ。

「どうします？　篠からはもうこれ以上の話は聞けそうにありません」

「この店の者たちは男の素性を知らぬのか」

「さきほど訊き回りましたが、誰も知らない顔だということでしたがねぇ」

なぜ男が蔵のなかに入ることができたのか。

どこから入り込んだのか。

千恵との関わりなど、まだなにも判明していない。

「まったく旦那といると面倒なことばかり起こりますぜ」

「私のせいか？」

「いや、まぁそうはいいませんが」

「いうたではないか」

「え？　そうでしたかい？」

「惚けるな」

「へへへ。まぁ、それは冗談として……」

篠の証言にはおかしなところがある、と弥市はいう。

「篠が男を刺したということはありませんかねぇ。千恵が先に刺されたんです。だとしたら後は篠しかできる者はいねぇ」

「それは私も考えていたことだ」

千太郎は同調しながらも、

「だがなぁ……」

腕を組んで難しい顔をした。

弥市は、篠に直接訊いてみよう、ととなりの部屋で待っている篠を連れ戻した。

「男はおめぇが刺したんだろう」

といきなり決めつけた。

「そうじゃねぇと平仄《ひょうそく》があわねぇんだ」

蔵のなかにいたのは、三人だけだ。ほかの者はいなかったのだから、まともに考えたらそういうことになる。

それに、篠が蔵から出てきたとき、匕首を下げていた。血だらけの体でもあった。

「覚えていないのです」

また篠は泣き始める。

「わかった、わかった……もういい」

さすがの弥市も女の涙は苦手らしい。


次に釜次郎から話を訊くことにしようという千太郎の言葉で、弥市は釜次郎をいまは取り調べの部屋になってしまった、客間に呼んだ。先ほどから体調を崩しているという女房のお久美のところに行っていたのだ。

そこに、波村平四郎が来たという知らせを福丸屋の手代が伝えに来た。

すぐ、のんびりした顔つきの波平が顔を出した。

「おや、千太郎さんもご一緒でしたか」

毎日整える月代《さかやき》は青々と、髭《ひげ》もきっちりあたっている。いま風呂から上がったような雰囲気の波平である。

いままで厳しい雰囲気だった部屋の空気が変わる。

「面倒な事件らしいですねぇ」

千太郎や由布姫の顔を交互に見回した。

一見、やる気がなさそうだが、そうやって部屋の様子や、娘を亡くして力を落としている釜次郎、泣き腫らしている篠などの顔色をしっかり窺っているから油断のできぬ男なのである。

以前は例繰方《れいくりかた》同心だったのだが、いまは定廻り同心として弥市に手札を与えているという男だ。千太郎は、波村平四郎を縮めて、

「波平さん」

と呼んでいる。

本人はそんな呼ばれ方をしても、嫌な顔ひとつしない。

なにを考えているのかわからぬところは、弥市にいわせると、

「千太郎の旦那とよく似ている」

らしい。

千太郎は、にこにこしながら声をかける。

「やぁ、よく来たなぁ」

「仕事ですから」

その返答に、わはははと大口を開きながら喜んでいる。

弥市に向けて、どうなっているのか問う波村は、その答えにうんうんと頷いている。

「千太郎さん……」

首をコリコリ掻きながら、

「これはすこし、いやだいぶおかしな殺しですなぁ」

「確かに。波平さんはどう考える？」

「いや、私にはまださっぱり。なにか気がついたことなどありませんか？」

「ふむ」

首を傾げながら、千太郎は同じようにまだないなぁ、と返答する。

「そうですか……」

腰の後ろに差した十手にときどき触れるのは、まだその格好に慣れていないのかもしれない。

弥市は、徳之助《とくのすけ》に頼んで男の身元を探らせたらどうか、と波村に進言した。

「へぇ、あっしの密偵みてぇなものでして」

いままでも、けっこう役に立っているのだ、と答える。

ただ、女癖の悪いのが玉に瑕《きず》なのだった。

なにしろ、この世の女はすべて自分に惚れると思い込んでいる男である。普段から若い娘が着るような派手な小袖を着たり、決まった塒《ねぐら》は持たずに女の住まいに居候を続けているような男なのだ。

「ははぁ。それは楽しそうな男だ」

にやりと笑みを浮かべて、波村は頼んでみようと返答をした。

波平と弥市の会話が終わると、千太郎は釜次郎に声をかけた。

波村が来てからも顔は沈んだままだ。娘がどんな殺され方をしたのかはっきりしないのだ。気になるのも無理はない。

「ところで、蔵のなかに人がいることに気がついたきっかけは、声でも聞こえたのかな？」

千太郎の問いに、釜次郎はそのときのことを思い出そうとしているのだろう、しきりに目をぱちぱちしながら、

「なかから叫び声が聞こえてきたからです」

「声が聞こえたと？」

「……はい、聞こえました」

「ふうむ」

蔵のなかで叫んだだけで、外に声が聞こえるものだろうか、と疑問を呟くと、
篠の声だった。

「窓が開いていました」

「中庭に向いて取られている明かり窓が、開いていたからだと思います」

まだ目が腫れているが、すこし気持ちが戻ってきたように見える。

「なるほど、そこから声が漏れたということか」

釜次郎は、そうだといいたいのだろう、うんうんと頷いている。

「なるほど」

そうか、と何度も言い直しながら、

「それならわかる……」

由布姫に目を向けていると、青い顔をした女が釜次郎に旦那さま、と声をかけて部屋に入ってきた。

「お久美！」

驚いた釜次郎が立ち上がって、手を貸す。

女は、体に力が入らないのか、ふらふらになりながら、釜次郎の手を借りて座った。

「このたびは、娘たちがとんでもないことをしでかしまして……」

ていねいに頭を下げた。

柳腰に切れ長の目は、どこか艶っぽく、弥市は釜次郎の女房がこれほどの女か、と驚いている。

「ほう……」

千太郎も、目を細めながら、

「なかなかのものだのぉ」

不躾《ぶしつけ》な物言いに、由布姫がぽんと千太郎の袖を叩いた。

「いや、これは失礼いたした」

かすかに目で非礼を詫びながら、ふと目が一点で止まった。懐に懐剣の頭がかすかに見えていたのである。

商家の女がそのような物を持つとは、あまり聞いたことがない。

だが、あえてそこには触れずに、

「千恵さんには敵がいたということはないかな」

「さぁ、あまり聞いたことがありません」

千恵は、わがままな性格ではあったが、人に嫌われるほどではなかったはずだ、と答えた。

すぐ千太郎は篠に目を送る。

その答えへの反応を確かめようとしたのだが、

「そのとおりでございます」

そうであるか、と答えて千太郎は立ち上がった。

由布姫と弥市は、もう終わるのかと疑問の目を向けたが、

「あとは親分頼んだ」

そういって、その場を辞したのであった。

三

徳之助が男の素性調べにあたっている間、千太郎は弥市にお久美とはどんな女房なのか、それを調べてくれと頼んだ。釜次郎に訊いてもいいことしかいわないだろう、

と思ったからだ。

答えはすぐ出た。

調べによるとお久美は、御納戸役《おなんどやく》、旗本四百石山倉吉右衛門《やまくらきちえもん》という家の次女で、上に佐紀《さき》という姉がいた。

佐紀が十八歳のときに婿を取った。

お久美はそのとき十五歳だった。自分も同じように婿を取るのかと思っていたが、次女は同じではないといわれた。

それでも、どこぞに嫁入りするのだろうと思っていたのだが、

「お前は活発なのはいいのだが」

両親に嘆かれた。

確かに姉の佐紀は近所でも評判の娘であった。しとやかで、謙虚である。

だが、お久美は幼いときから活発な女の子で知られていた。

住まいは神田神保町《じんぼうちょう》にあったのだが、すぐそばの鍋町《なべちょう》にある手習いの師匠のところへ五歳の頃から通っていた。

姉の佐紀は、師匠のいいつけを守って熱心に手習い、そろばんなどに励んでいて、

賢い娘だと評判をとっていたのに対して、久美は常に悪戯《いたずら》ばかりしていた。

手習いの途中に他人の筆を隠したり、そろばんの上に乗って滑って壊したり、男の子を泣かせてしまったことも一度や二度ではない。

だが算術などを学ぶと、他人より一歩抜きん出る。

いわば目から鼻に抜ける子だったらしい。

その頃の印象が強かったのだろう、なかなか縁談には恵まれなかった。

山倉家は旗本とはいえ、台所は火の車であった。悪いことに父親の吉右衛門は頭痛持ちで、福丸屋から常に薬を処方してもらっていた。

ところが、次第に薬代も払えなくなっていったのである。

それでも福丸屋は、不服もいわずに薬を届けていた。

薬代が滞《とどこお》るようになって一年近く過ぎた頃、福丸屋の主人、釜次郎が、

「そろそろ金を支払ってほしい」

といってきた。

もちろん、全額返済は無理なことはわかっている。一部でもいい、というのであった。

ところがその一部の金子《きんす》が払えない。

なんとか、待ってくれとその日は帰ってもらったのだが、それからまた三ヶ月程度の後、

「そろそろ、なんとかしてくれませんか」

これだけ未払いが続くと店の者たちに示しがつかない、といってきたのである。

吉右衛門は、なんとかしたいとは思っても先立つものがない、と泣きついた。前回は簡単に引き下がった釜次郎だったが、今回はある程度の返答がほしい、となかなか得心しない。

苦悶の顔を続けていた吉右衛門は、そのときとんでもない決断を下した。

「うちの娘を嫁にやろう」

突然の言葉に釜次郎は、なんのことやらという目つきをした。

「お前はまだひとりものであったな」

「はぁ……」

「うちの娘を貰ってくれ」

「ご冗談を」

「本気である。下の子が行き遅れておる。どうだ」

「どうだと問われましても」

なぜか、釜次郎は慌てて額から汗が噴き出している。

「いかぬか」

「あ……いや、それは」

しどろもどろになっている釜次郎に、吉右衛門は留《とど》めを刺した。

「釜次郎。お前が密かにお久美に懸想《けそう》していることは気がついておる」

「な、なにをおっしゃいますか」

「しらばっくれなくてもよい」

釜次郎の顔はしだいに青く変化し始めた。

その顔つきは、図星だと答えている。

「どうだ、それでいままでの借財はなしということにしてくれぬか」

その目は本気らしい。

「簡単に返答できることではありません」

「久美のことなら、気にするな」

「…………」

「いうことを聞かせる。そのくらいの分別はある娘だ」

「はぁ」

「困ることはない。お互いよい話ではないか」

吉右衛門は口からでまかせをいうような男ではない。本気で申し出ていることは間違いないだろう。

身分が違うのである。

旗本の娘が商家に嫁ぐなど、その逆はあってもあまり聞いたことがない。

一番の問題は、本人お久美の気持ちだろう。

まさか商家へ嫁に行くなど、夢にも思ってはいないはずである。お久美の気持ちを考えたら、簡単に首を縦に振ることはできなかった。

そのとき、がたんと音が聞こえた。

廊下を誰かが走り抜ける音だった。

「聞かれたらしい」

お久美が廊下でふたりの会話を盗み聞きしていたのである。

それから、お久美はなかなか家に戻らなかった。近所の者も手分けして探したのだが、一晩、お久美は戻ってこなかった。

帰ってきたのは、翌朝、明け六つになった頃である。

疲れた顔を見せながら、お久美は父親の前に手をつき、

「昨日の話を聞きました。承知いたしました」

覚悟の言葉である。

父の吉右衛門は、頭を下げたい気持ちであったという。

武家の娘が商家に嫁ぐには、かなりの覚悟が必要であったはずだ。

一晩の間になにがあったのか、どこにいたのかお久美はひとことも語ろうとはしなかったという。

お久美の決断から二ヶ月半後、福丸屋にお久美は嫁いだ。

十七歳のお久美と三十二歳の釜次郎であった。

それから二十年。

若々しく活発だったお久美も三十七歳となり、落ち着きと艶《つや》が出ていた。

娘の千恵が亡くなったことでその艶っぽさも消えていた。

ただ、懐剣を隠し持っているのは、武家の娘ということへの矜持《きようじ》でもあったのだろうか。

千太郎は、その話を聞きながら、難しい顔をしている。

上野山下の離れの濡れ縁である。

夏草の香りがむんむんしているなか、若木の枝に十姉妹《じゅうしまつ》が止まって鳴き声を聞かせている。

空の雲は高く、風もそれほど強くもなく、弱くもなく気持ちがいい。

そんなところへのお久美の話だった。

「ふむ……」

一緒に話を聞いた由布姫の顔が沈んでいる。

「私が同じような境遇になったら……」

唇を噛む由布姫に、千太郎は笑みを向けて、

「雪さんには私がついていますよ」

「それとこれとは話が違います」

女の気持ちを考えろ、という目つきだ。

「いや、まぁ、ふむ」

言葉に詰まる千太郎である。

「まぁ、それはそれとして、男のほうはどうなったのだな?」

はぁ、と弥市はいま徳之助に調べさせているとの返答である。

男の人相書を持たせて、福丸屋の近辺だけではなく、東両国、浅草の奥山、上野広

小路界隈などを回らせているとのことである。

「一応、今日までの結果を伝えに来る予定です」

そろそろ来る頃だと弥市がいうと、

「やんややんや」

庭の枝折り戸が開いた。

入ってきたのは、徳之助である。いつもと異なり今日は渋茶の袖なし羽織を着ている。

「なんだ、どうしたのだその格好は」

驚き顔で弥市が訊くと、

「えへへへ。いまの女が渋い色が好きだというんでねぇ」

ちっと舌打ちをする弥市に、

「親分、そんな顔をしちゃいけねぇなぁ」

すすっと縁側に寄って、千太郎の横に座った。

「男の素性がわかりました」

「素早いな」

千太郎が褒《ほ》めると、へへへとにやけながら、

「奥山あたりでゴロを巻いていた喜八《きはち》という野郎です。といっても大した野郎じゃなさそうで、まぁ、くだらねぇ騙《かた》りやわざと因縁をつけて小遣いをもらうような奴らしいですがね」

「そんな奴だったのか」

弥市は自分の縄張り内にそんな奴がいたのか、と呟く。

「まぁ、ねずみみてぇな野郎らしいですからねぇ」

「そんな野郎がどうしてあんな場所にいたんだい」

「さぁ、そこまでは知りませんや」

それは親分が調べることだ、という目を向けた。

弥市は、仕方がねぇと呟きながら、

「旦那、とりあえず男の身元はわかりましたが……」

「ふむ、親分は喜八と福丸屋がどんな関わりがあるのか、それを調べてくれ」

「へぇ、で旦那は？」

千太郎は徳之助に目を向けて、一緒に来いと告げた。

「どこへです？」

「喜八の足取りを追う」

「ははぁ。騙りをやった相手を探しますかい？」

「そんなところだ」

「へへへ。騙《だま》されたのがどんな店か調べてありますからねぇ」

楽なもんだ、と徳之助は笑った。

「喜八がどんな騙りを仕掛けていたのか、それを知りたいのだ」

「じゃ、ご案内いたしましょう」

ふむ、と千太郎は頷くと、由布姫に篠から事件のことや福丸屋の内情などを訊いてくれと頼んだ。

四

床店《とこみせ》の藁《わら》に刺されて並んでいる風車が音を立てている。

光に反射して風車の羽が回る姿をじっと見つめているのは、千太郎である。

「徳之助……」

「へぇ、なんでしょう。旦那は風車が珍しいんですかい？」

「回るなぁ」

「はぁ、止まっていたら面白くねぇですから」

「くるくると」

「がーがーいったらおかしな鳥みてぇですからねぇ」

「私たちもぐるぐると回るなぁ」

「奥山は広いですから」

「生きていると回るのだ」

「はい？　目でも回ってますかい？」

「あっちに行ったり、こっちに行ったり」

「なにがいいてんでしょう？」

「人の暮らしは回るものだというておる」

「さいですかい」

「わからぬか」

「……あっしは首が回りませんが。まぁ、女に養ってもらうのにも疲れたのかもしれませんがねぇ」

ふふっと自嘲の笑みを浮かべる徳之助に、

「徳ちゃんや」

「はい？」

「それが、回っておるということだ」

「はぁ」

「生きるというのは難しいのぉ」

「…………」

　わけがわからねぇ、といいながら徳之助はじっと千太郎を見つめて、

「なにか悪いもんでも食いましたかねぇ。まぁ、旦那は人を食ってますから、それが当たったのかもしれませんや」

　わっはは、と徳之助は大笑いをする。

「富くじにでも当たりたいとは思いますがねえ」

「千恵さんは、おかしな男に当たってしまったということであろうか」

「喜八ですかい？」

　徳之助は、やっと意味のわかる話が出た、という顔をする。

「喜八もはずれくじを引いたということですかね？」

「まぁ、そうであろうなぁ。篠もなぁ」

「福丸屋はいい女をもらったから、あれは当たりですかね」

「ふむ……」

腕を組んで動こうとしない千太郎に、

「まぁ、そんなことはどうでも、とにかく喜八がどんなことをしたのか、聞きに行きましょう」

徳之助は、先に行きますと歩き始めた。

それでも千太郎は動かずにいる。

早く行きましょうと促された千太郎だったが、

「まぁ、待て待て」

風車を一本買ってそれを持ちながら、徳之助のそばまで進んだ。

「ほう、なかなかよく回るぞ」

ふぅふぅ息を吹きかける。

「こんなものでも、回らぬと死んでいるように見えるし、息を吹きかけると生き返ったように見えるものだなぁ」

「あっしが息を吹き返すには、旦那がきちんと歩いてくれることです」

「よし、歩こう」

千太郎はすたすたと歩き始める。

「旦那！　そっちじゃありません！」

かってに進む千太郎に声をかけながら、

「親分は、よくもこんな人と一緒に探索しているもんだぜ」

ひとりごちながら、千太郎が戻ってくるまで待っていた。


ふたりが訪れたのは、奥山の小さな小間物屋だった。

双葉《ふたば》というその店は、若い男がひとりで構えている間口わずか一間半の店である。

店は借りているだけで、自分と親方のふたりで細工した商品を売っているという。

親方の名は、善二《ぜんじ》といい、若い男はその息子で平八《へいはち》といった。

善二は足が悪いとのことで、普段は小梅村《こうめむら》の家にいるらしい。店に出るのはもっぱら平八だった。平八は平べったい顔をしていて、あまり女とは縁のなさそうな顔をしていた。

職人が持つ気風《きっぷ》の良さもあまり感じられない。

それほど世間とは関わりがあるとは思えない男だった。

それがどうして喜八に因縁をつけられるようなことになったのか、と徳之助が訊いた。

平八は平たい顔で、はぁと考える仕草をしながら、

「それがよくわからねぇんで」

「なんだと?」

「じつは、ある客のことで因縁をつけられたんでねぇ」

「客とは誰だ」

「それがよくわからねぇのですよ」

平八が語ったのは、次のようなことだった。

そもそも喜八という男の名前も知らなかったらしい。

いまから半月前、やたらと粋がっている男がやってきた。髷も横ちょに流して、まともな職業を持つ男には見えない。

ひょっとしたらご用聞きかと思ったらしいが、話をしてみて違うとわかった。

ただの押し売りのような男だったのである。

押し売りといっても商品を持ち歩いているわけではない。

「いい脅しの種があるんだが買わねぇかい」

男はそういって、店に入ってきたという。

きょとんとしていた平八に、男は、

「これだ」

といってなにやら小さな匂い袋を持ち出して、

「これを忘れていった女がいるんだがな」

「それがなにか？」

自分にはまるで関係はないだろう、と平八は答えたのだが、

「いやいや、いつもここに買いに来ている客がいるだろう」

どんな客かと訊くと、

「なかなかいい女だ。三味線でも弾きそうな格好をしているぜ」

「よくわかりませんが」

「ふん。最初はみんなそんな返答をするんだ」

男はすごんだ。

いくら話を訊いても、覚えのある女はいない。そのうち、

「ははぁ……」

ようやく気がついた。

もともとそんな女はいないのだろう。

それをいかにも、この店の客のように話を作って、それを脅しの種だといって無理

矢理その匂い袋を買わせようとしているのだ、と気がついた。

「そんなものはいらねぇ」

きっぱり断ると、

「おんやぁ？　そんなことをいったらここじゃ商売ができなくなるがいいのかい？」

とうとう正体を現したのであった。

その話を聞いた徳之助は、ははぁ、といいながら、

「ということは、その女と喜八がぐるだったということはねぇんだな？」

「たぶん、まっかな嘘っぱちでしょう。誰かとぐるになって仕掛けるほどのこともねえ騙《かた》りですから」

「そうかい」

喜八は、おそらくこれと同じケチな騙りを働いていただけのようである。

「ちょいと念のためだが」

千太郎が、平八に声をかけた。

「福丸屋という薬種問屋を知っているかな？」

「……さぁ、知りませんねぇ」

それがなにかいまの話と関わりがあるのか、という目で千太郎を見つめる。

「そうか、それならよいのだ」

「へぇ、役立たずであいすいません」

「なになに大いに役に立ったぞ」

千太郎は店先に並んでいる簪を手に取り、

「ほほう……」

なかなかいい腕だと誉めると、ありがとさんです、と平八はうれしそうに笑った。

「どうです、ひとつ」

「……いや、今度にしておこう」

なんだという顔をする平八に、徳之助は笑った。

「このお人はそのような趣味は持っておらんからなぁ」

「なにぃ？」

徳之助の言葉に千太郎は、眉を蠢《うごめ》かせて、

「これをもらおう」

いきなり見ていた簪を手にして、差し出した。

「本当ですかい？」

怪訝そうに訊く徳之助に、当たり前だと啖呵《たんか》でも切りそうな顔になった。

「雪さんへの贈り物だ」

「ははぁ……なるほど」

「なにがなるほどであるか」

ていねいに布に包む平八に礼をいって、店から出る千太郎に向かって、

「そういえば、その喜八という野郎ですかね、野郎がぶつぶつ語っていたのを思い出しましたよ」

「ぶつぶつ？」

徳之助が顔を向けた。

「へぇ。なんでも、もうすこししたら金が入りそうだから、おめぇなんざ本当はどうでもいいのだが、と、そんなようなことをいってましたが……」

「本当かい」

「へらへら、うれしそうでしたからねぇ」

本当に違いない、と平八は断言した。

「徳ちゃん……」

「旦那……」

これは、裏があるぞと千太郎が呟いた。

「福丸屋と喜八の間になにかきな臭いことがあると判明したら、はっきりするのだが」

徳之助は、これは親分に伝えたほうがいい、と千太郎に告げる。

「なにか裏が出るかもしれぬ。親分に調べてもらおう」

これはいい収穫であった、と千太郎は満足そうに、簪を包んだ布を懐に入れた。

五

夏の光はどこにでも同じ力で容赦のない輝きの斧を振り下ろす。

福丸屋の前には大きな熱避けの暖簾《のれん》がかかっていたおかげで、なかに入ると外よりは過ごしやすい。

それでも、薬の匂いと外から入ってくる客の汗の匂いが混在して、異様な臭気が漂っていた。

使用人たちはそのことに気がついているのか、いないのか。ただ黙々と働いている。

由布姫の姿を見た釜次郎は、帳場からすぐ立ち上がった。

「先日はどうもありがとうございました」

「いえ、私はなにも」

助けるつもりだったのに、千恵を助けることができなかったのは、胸が痛い。

それでも、釜次郎は、

「篠が元気を取り戻してくれたのは、なによりです」

娘よりも、奉公人の命が助かったことを喜んでいるのだ。女房のお久美は、顔色はすこし戻っているようだった。

それでも、まだときどき目眩《めまい》がするといって、寝込むことが多い、と釜次郎は心配そうである。

由布姫が福丸屋を尋ねたのは、お久美と篠をしっかりと見極めてくれ、との頼みがあったからだ。

それに由布姫自身、篠からもっと突っ込んだ話を聞いてみたいとも思っていたのである。

あのとき、蔵のなかではなにが起きていたのか。

それを探ることが大切だろう。

蔵で背中を刺されて死んでいたのは、喜八という小悪党だと弥市から伝えられた。その名に聞き覚えはないかどうか、それも確かめたい。

まずは、釜次郎に頼んで篠を呼んでもらうことにした。

先日訊いただけでは、まだ足りないと由布姫は釜次郎に告げた。

「できれば、もう一度、確かめたいことや、思い出してもらいたいことがあるのです」

町方でもないのに、出しゃばって不満をいわれるのではないか、と危惧していたのだが、それはまったくの杞憂《きゆう》だった。

釜次郎とお久美は、どんなことでも協力するから、好きなように探索してくれとむしろ喜ばれたのである。

そうなると、もともとじゃじゃ馬姫の由布姫である。

「では、私におかませあれ」

とばかりに、腕まくりをするような力の入れようである。

由布姫は、篠を店の外に連れ出した。

主人やおかみさんがいる場所では、本音をいうことができないだろう、と踏んだからである。

それに対しても、釜次郎は不服はいわずに、

「どうぞ、気の済むまでお調べください」

そういってから、篠を見つめて、

「しっかり、思い出してお話しするように」

と念を押すほどだった。

わかりました、と篠は返事をしながら、由布姫を見つめて、

「ではまいりましょう」

とていねいにお辞儀をしたほどである。

その落ち着いた態度に由布姫は感心する。

これだから、蔵のなかでもある程度は慌てずにいることができたのではないか、と感じた。

両国には、それほどなじみの店はない。

「どこか、懇意にしている料理屋などありますか？」

篠に尋ねると、お嬢様が連れて行ってくれた店があるからそこに行ってみましょう、といって目頭《めがしら》を押さえる。

「また、思い出してしまいました」

蔵から出てきたときの格好を見ると、篠がふたりを刺したのではないか、と役人のなかには疑う者もいたらしい。

だが、その証拠はない。

そこで、当分の間はお構いなしということになっていたのである。

その裏には、釜次郎が手を回したのではないか、と弥市は考えていたらしいが、真《まこと》のところは誰も知らない。

両国橋がかかる大川には、夏の風物である屋根船が数隻漂っている。

お大尽たちが舟遊びをしているのだ。

そばを食べ物を載せた舟が行き交っている。舟遊びの連中がそれを買っている姿も見えていた。

「商魂たくましいですねぇ」

由布姫が笑うと、篠もそうですねぇと答えたが、顔は硬いままだ。

まだ完全に傷は癒えていないように見えた。

篠が入ったのは、入り口が黒塀で囲まれた料理屋だった。

千恵が使っていたという店のせいか、石畳が五間ほど続き、左右はきれいに草も刈られ、鹿威《ししおど》しも設《しつら》えてある。

庶民では入ることができなさそうな雰囲気に包まれていた。

だが、篠は臆せず訪《おとな》いを乞《こ》うた。

出てきた女中が篠を認めると、

「いつものところでいいですか」

と尋ねた。

篠は、はいと頷き戸口を潜る。

その動きは、いかにも慣れていると感じさせた。

通された座敷は二階だった。

窓からは庭が見えている。背の低い草花が見えて、夏の香りが部屋のなかに漂ってくる。

だが、通りからの人声など雑音はまったく聞こえない。喧騒とはまったく無縁の場所に来てしまって、かえって不安を覚えるほどだ。

「いいところですね」

「はい……千恵お嬢様が好きなお部屋です」

「そうですか」

どこから話を切り込んでいいのか、由布姫は迷っている。

「ご配慮ありがとうございます」

「え？」

「私は大丈夫です。なんなりとお訊きください」

由布姫の逡巡《しゅんじゅん》を感じ取ったらしい。

「そうですか」

千恵が供には篠を連れていたということがすこしわかった気がする。

「では、そうさせてもらいましょう」

篠の格好は、藍色一色の木綿の小袖に紅色の前垂れである。

さすがに座敷に入ったときには、前垂れははずしたが、このような料理屋に入るような姿ではない。

だが、由布姫の前に座った佇まいは、どこに出ても恥ずかしくないといった雰囲気を醸し出している。

「千恵さんのことを教えてください」

「お嬢様が原因であんな事件が起きたということですか？」

「いいえ。そうではありません。千恵さんを知ることで、なにか周りにあの喜八という男を近づけさせる要因があったかどうか、それを知りたいだけです」

ようは同じことなのだが、言い方を変えることで、篠の気持ちを和らげた。

「そうですか」

由布姫の言葉はいわば詭弁《きべん》のようなものだ。

それに気がついているのかどうか、

「それではお話しましょう」

かすかに身動《みじろ》ぎながら答えた。

「千恵さんはどんなおかたでした？」

篠は、しばらく思案顔になる。

どう答えようかと、悩んでいるらしい。

由布姫は待った。

「権柄《けんぺい》ずくなおかたでした」

高飛車《たかびしゃ》だった、といいたいらしい。

「大店のお嬢様なのですから、少々のことは仕方がないとしても……」

「わがままだったといいたいのですね」

「あまり悪口をいう気持ちはないのですが」

「わかります」

亡くなった人の悪口は気持ちのいいものではない。

「だけど、この際心のなかにあるものを吐き出したほうがいいのではありませんんか？」

　それで気が休まることもある。

長年仕えてきたのだ、心に抱えている傷はあるだろう。どうせならそれもここで吐き出してもらいたい。

　そうすることで、どうして千恵が殺されたのか、その入り口だけでも覗けたら探索の役に立つ。

　篠は千恵との思い出をぽつぽつと語り始めた。

　ふたりの仲は悪かったわけではない。

　自分が奉公に来たのは、いまから五年前。年齢が近いということもあり、千恵は篠と一緒にいるのを好んだ。

　最初のうちはお嬢様然とした応対をしていたわけではないが、お花の稽古や音曲の稽古などに通うようになってから、すこしずつ態度に変化が生まれたと篠はいう。

「なにか原因があったのでしょうか」

「さぁどうでしょう。外に出るようになって、ほかのお嬢様たちと物見遊山や、芝居見物などをするようになってからですねぇ」

「お友だちに悪い人がいたと？」

「いえ、そうはいいませんが……」

なかには、奉公人は所詮《しょせん》奉公人だという娘もいる、というのである。

そのような考えを持つ人の影響を受けたのではないか、と篠は思っていたらしい。

「だからといって、そんなに邪険《じゃけん》にされたわけではありませんから」

ようするに、自分の意見を無理にでも通そうとする性格だったのではないか、と由布姫は自戒を込めている。

「ところで、喜八という名にも覚えはありませんか？」

「……はい」

篠は、ちょっと間を置いてから答えた。

「弥市親分の調べだと、近頃大きな金が入るとしゃべっていたそうですが」

「それが千恵お嬢様となにか関わりがあるということですか」

「それはわかりません」

すこし間を空けてから、

「千恵さんが奥山に行くということはありましたか？」

喜八の根城は浅草の奥山あたりだ。

福丸屋があるのは両国である。喜八がここまで足を伸ばした理由があるはずである。

「奥山ですか……」

あまり聞いたことはないと篠は答えた。

「お嬢様がひとりで行くということはありません。どこか出かけるときには、私が供でした」

篠が知らずにいるのかもしれない、ともう一度問うと、

「それはないと思います。どんなことでもお嬢様は私に話をしてくれました」

「秘密はないと？」

「ありません」

「言い切れますか？」

念を押されても、頑固に篠は間違いないといいつづけた。そこになにか作為があるように由布姫は感じた。

六

その日の夕刻――。

由布姫は、千太郎の待つ片岡屋の離れで篠との会話を報告していた。

そばには弥市もいて、それぞれ調べがついたことを報告しているのである。

結局、篠から聞くことができたのは、近頃の千恵は居丈高になることが多かった、という話だけであった。

自分が男を刺したのかどうかは、どうしても思い出せない。誰が刺したのかよくわからない、というだけであった。

さらに喜八に関してはまったく覚えはない、というだけで、

「お嬢様がそのような男のかたと付き合っていたとはまったく聞いていません」

その繰り返しだった。

何度か念を押したのだが、態度は同じで、

「もし、思い出したり話をよそから聞いたときには、ご連絡申しあげます」

と答えるだけであった。

じっと話を聞いていた千太郎は、

「頑《かたく》なに拒否をしておったのだなあ」

「裏があるのでしょうか」

「さぁ、それはまだわからぬ……」

篠が千恵に隠れて男と会っていたような噂はない。

「いまは、まったく千恵と喜八の結びつきはわからぬが、必ずどこかにあるはずだ。本人同士だけではなく、家族との繫がりなどがな……」

「千恵さんとではなく？」

「予測しておかねば、暗闇のなかで歩くことになる……」

「そうですね」

　そばで頷いている弥市に由布姫が訊いた。

「なにか進展はありますか？」

「あっしは、喜八と福丸屋、それと奉公人との関わりなどはなかったかどうか探索したんですがねぇ」

　重要と思えるような噂は出てこなかった、と沈んだ声を出した。

ただ、お久美の実家についても周辺で聞き込みをしたところ、家は十年前に没落したとのことである。

「なんでも父親が上司の詰め腹を切らされた、とのことでしたが」

「どういうことだ？」

「だいぶ以前のことなので、近所の長屋で聞き回っても覚えている者がいなくて、はっきりはわからずじまいで……」

両親はすでに亡く、姉は離縁されたという。夫は浪人になっていまはどこにいるかもわからないらしい。

「それはまた……」

悲しい話ですねぇ、と由布姫は嘆息する。

姉がお久美を頼ってきたということもなさそうであった。

「まさにくるくる回る風車であるなぁ」

千太郎が呟いた。

「なんです？」

「いや、人とはくるくる回る風車のようだ、といいたいのだが、まぁよい」

徳之助との会話を知らぬ由布姫と弥市は、意味がわからない、という顔つきだ。

弥市は気を取り直して、続けた。

「そんなことですから、なんとか人らしい暮らしができているのは、お久美だけということになります」

弥市は、そういいながら、ふっと皮肉な目をして、

「そのせいですかねぇ」

「なにがです？」

なにがいいたい、という目つきで由布姫が問う。

「元武家という、誇りといいますか……」

「居丈高だと？」

「まぁ、そんな印象が強いのではねぇかと」

「それは誰の言葉です？」

「まぁ、奉公人もそうですし、釜次郎が付き合っている講仲間などからも似たような言葉を聞きました」

そういえば、と千太郎が続いた。

「お久美は懐剣を持ち歩いていたのだが」

「あぁ、私もそれには気がついていました」

由布姫も頷く。

「奉公人たちから聞いた内緒の話ですが……」

弥市が十手を取り出して、肩をとんとん叩きながら、

「旦那の釜次郎は、なかなか商家の暮らしになじめずに悩んでいたお久美に困っていたという話がありました」

「さもありなん」

武家暮らしからいきなり商家に嫁いだのだ、そうそう簡単に溶け込むことはできるものではあるまい、といいたそうに千太郎と由布姫は顔を見合わせた。

「いってみればお久美さんは借金の肩代わりに嫁いだような話ですからねぇ。辛かったろうなぁ」

珍しく弥市が沈んだ声をする。

「こんな話を聞くと、波平の旦那の縁談はどうなるか気になりますぜ」

「おう、そういえば」

波平さんか、と千太郎が手を叩いた。

「その後、進展はあるのかな?」

「へへ。はっきりは教えてくれませんが、近頃の波平旦那は、顔が艶々してきましたよ」

「それは重畳」

「ときには、旦那の家から女の声が聞こえているようです」

「ということは、決まったのですか?」

由布姫が目を輝かせる。

「まぁ、一目惚れされたわけですからねぇ。旦那が嫌だといわなければ、そのまますんなりといくんじゃねぇかと」

「ほほほ」

「……？　千太郎さん、いまのはなんです？」

「喜んだのだ」

「なんだか、馬鹿にしたような笑いかたですよ」

「これはしたり。そのようなことはない」

楽しい、楽しい、と二度も重ねた。

「それはよいとして……」

それまでえへらえへらしていた表情を締め直して、

「それにしても、お久美は釜次郎に対して冷たい印象があるのだが」

「やはり元は武家。それに好き合って一緒になったわけじゃありませんからねぇ」

弥市の言葉に由布姫も同調する。

「そうですねぇ。男と女は好き合うのが一番ですから」

好きでもない男と、それも借金の肩代わりのかたちで嫁いだのだから、女としては辛いのだろう、と由布姫はお久美への同情を見せる。

「それだけかな？」

「はい？」

怪訝な顔をする由布姫に、千太郎はかすかに目を細めて、

「他になにか要因があるような気がするのだが」

「といいますと？」

「いや、いまはまだわからぬ」

「あのふたりになにか秘密でもあるというんですかい？」

訊いたのは、弥市だ。

「あったとしたらどうだ？」

「さぁ、どうなんでしょう？」

どう見ても釣り合いが取れているとは見えないふたりだ。なにが隠されているかわからぬ、と千太郎はいいたいのだろう。

「なんとなく手詰まりのような気がしてしょうがねぇなぁ」

弥市が愚痴をこぼす。

確かに、喜八の素性は判明したが、福丸屋との関わりはまるで見当がつかない。

ただの悪戯《いたずら》に入り込んだとも考えられるが、

「それなら、もっと楽な方法がある」

騙りをやるだけで、逃げ道のない蔵などに入るわけがない、と千太郎の言葉は核心をついている。

「もうすこし千恵の行動を探ってみたほうがよいのかもしれぬな」

「篠さんのことはいいのですか？」

「いや、篠も同じだ」

篠は唯一、現場にいて生き残ったひとりである。

「篠さんの言動になにか不審なものを感じるのです」

「それは、あっしも同じでさぁ」

血染めの匕首を持っていたことで、殺したのは篠ではないか、という疑いがまったく晴れたわけではない、と弥市はいう。

「よし、では次の行動に移ろう」

千太郎が指示を与えだした。

第三章　夏の嵐

一

千太郎は、弥市と一緒に千恵が通っていたというお花の師匠を訪ねた。

師匠の名前はお静《しず》といって、今年三十八歳になる。旦那とは三年前に別れたという話で、いまはひとりの生活を楽しんでいる。

両国橋の東詰めにある裏店《うらだな》に住んでいるが、九尺二間の棟割《むねわり》とは異なり、平屋で小さな庭もあった。

おそらくは、誰か大店の旦那でも後ろについているのだろう。

自身番で訊くと、近頃ではお花だけではなく常磐津《ときわず》など音曲《おんぎょく》も教えているようで、男の弟子が出入りする姿も見られるようになっているらしい。

お静の住まいに着くと、弥市は驚いている。

「なんだあれは？」

男が数人、戸口の前でふらふらしているのだ。

「待たされているらしい」

薄笑いしながら千太郎が男たちのそばに近づき、

「お静さんは不在かな？」

偉そうな態度と似合わぬ笑顔に、男たちはなんだこの侍は、という目をする。

待っている男は、三人の町人だった。

木綿のお仕着せを着ているわけではない。高級そうな格好をしている者ばかりだった。弥市は、十手を突き出しながら、

「こういう者だ」

三人の前に立って、睨みつける。

「あ、これは親分さんでしたか」

三人のなかでは、一番年長と思える男が腰を曲げながら、

「いま、お静さんはお使いに行ってます」

「どこまでだい」

「おそらく、両国の広小路でしょう。私たちへ出してくれるお茶を買ってくるといってましたから」

「お茶だと？」

師匠も大変だ、と弥市は十手をしごきながら、

「じゃ、すぐ戻ってくるんだな」

「四半刻もあれば」

その返答に、千太郎を見る。

「待ちますか？」

「せっかくここまで来たのだ、待とう」

すると、さっきの男がいった。

「お静さんが淹《い》れてくれるお茶は、この世のうさを晴らしてくれるほど美味ですから、ぜひ、どうぞご一緒に」

「余計なお世話だ」

物見遊山じゃねぇ、と弥市は吐き捨てながらも、ちょうどいいやといって、

「おめぇさんたちに訊いておこう。お静ってのはどんな女だい」

三人は目を合わせながら、口々に誉め始めた。

「気風《きっぷ》がいいお師匠さんですよ」

「気が細やかで、よく気がつきますからねぇ」

「男勝りのところもあり、いい女ですよ」

師匠目当てに来ているのだ、悪いことをいうはずがない。

ちっと舌打ちをしながら、弥市は、

「そうかい、そうかい。わかったわかった。訊いた俺がばかだったぜ」

苦笑する。それでも気を取り直して、

「じゃ、ここに習いに来ている娘たちのことは知ってるかい？」

三人は目を合わせながら、

「あぁ、あの殺された娘さんのことですね」

先ほどの男が答えた。

「知ってるんだな？」

「入れ違いになることはありましたよ」

「どんなふうに見えた？」

「はて……どうでしたかねぇ」

欣三《きんぞう》さん、と男はとなりにいる若い顎の張った男に訊いた。

「一度、私が話しかけたことがありました」

欣三と呼ばれた男が話しだす。

「ほう、それで？」

「まったくこちらを見てくれませんでした」

「振られたのかい」

「まぁ、そんなようなものでしょうか」

大して気にしていないような口ぶりだった。

「確か、千恵さんといいましたねぇ」

「どこまで知っているんだい」

「詳しくは知りませんねぇ。こちらが話しかけても、ふんと鼻先であしらうような態度の人でしたから」

「他の女たちは？」

「まったく違います。若い娘たちですから、わいわい楽しそうでした。こちらの声かけにも適度に応対してくれましたよ」

「千恵だけが異質だったと？」

「そう感じましたよ」

そうかい、と弥市は千太郎を見る。

うんうん、と千太郎は数度頷いてから、

「じゃ、欣三さんとやら。千恵さんの供をしていた娘は知っておるかな？」

「供の人ですか？」

欣三は、年上の男を見て、

「茂《しげ》さん、そんなかたがいましたかねぇ」

と首を傾げた。

「あんたの名は？」

「申し遅れました。私は飯塚《いいづか》屋《や》茂治《しげじ》といいまして富岡八幡の門前で、団子を売っております」

それから、ひとりひとりの紹介が始まった。

欣三は、本所相生町《あいおいちょう》に住む呉服屋、富田《とみた》屋《や》欣三。

もうひとりは、回向院裏で金物を売っている、大森《おおもり》屋《や》登兵衛《とうべえ》といった。

三人とも店の若旦那である。それだけに、暇もあるのだろう。

「で、供の娘についちゃどうだい」

弥市がふたたび訊いたが、三人とも、

「そんな娘がいたとは知らなかった」

と答えた。

篠のことは知らないらしい。

もっとも、篠自身もお花の師匠のところへ行くときには、途中までだった、と答えているから、三人の答えと一致しているといえよう。

「一度も見たことはないかな?」

そういえば、と欣三が宙を見ながら、

「ここから離れたところで、千恵さんを待っていた娘がいたような気がします。それがお供のかただったのかもしれませんね」

「そうかい……」

篠は、やはりこの師匠の住まいまでは来ていないらしい。

ふと木戸のほうに一瞬光が当たったような気がして、弥市は目を向けた。

「あ、戻ってきましたよ」

茂治が顔をほころばせた。

木戸を優雅な態度で通り抜けてきたのが、お静らしい。

二

夏らしい空色の小袖を着て、赤い鼻緒の駒下駄姿。からんころんと音を立てて歩いてくる姿を見ようとしたのか、木戸番が顔を出している。

千太郎と弥市を見ると、おや？　という顔をしたが、すぐ弥市がご用聞きと気がついたらしい。

すぅっとそばに寄ってきた。

「親分さん、なにかご用のお調べでも？」

「俺のことを知ってるのかい」

「山之宿の親分さんですよね」

「あぁ、まぁそうだ」

まさかこんなところにまで名が売れているとは知らなかったのだろう、弥市は得意満面である。

では、こちらへどうぞ、とお静は戸を開けてなかへ導いた。

「私たちはどうしたらいいですかねぇ」

茂治が弥市に声をかけた。

すると、お静が控えの間で待っていてください、と即座に答える。

そのまま帰るようにといわれるかと思っていたのだろう、三人は破顔した。

部屋に入ると、千太郎を上座に座らせた。

弥市の顔を見ながら、お静が先んじた。

「千恵さんの件ですね。先日殺されたと聞きました。福丸屋さんでなにが起きたのでしょう」

「それをいま、調べているんだ」

「あら、これは失礼いたしました」

ふふっと含み笑いをしながら、お静は千太郎に目を送って、

「こちらのお侍さまはなかなかの人相をしていらっしゃいますねぇ」

「おや、観相もできるのか」

不思議そうな目で千太郎が問う。

「私はいろんな弟子たちを育ててきましたからねぇ」

「なるほど、人を見る目ができたと」

「そんなところでしょうか」

「私は人とは違うかな?」

「……なんでしょうねぇ。後ろになにか光る後光《ごこう》のような雰囲気をお持ちですから、そのあたりにいるただのご大身さまとも違うような」

「ふ……」

「さぞやご身分のあるかたとお見受けいたしました」

「はは」

苦笑いしながら、ただの目利きだと千太郎は答えた。

それそれは、といいながらもかすかに怪訝な顔をするお静に、千太郎もにこりと微笑みを返す。

ふたりの間に置いていかれたような気になったのか、弥市はなんでぇ面白くねぇやと愚痴る。

それを聞いてまた千太郎とお静はふふふ、と笑った。

静かな雰囲気が流れていたが、

「本題に入ろう」

と千太郎の言葉でお静も居住まいを正した。

「千恵さんのことですね」

「近頃、変わったことが起きたというようなことはなかったかな」

「さぁ、目立ってそのようなことはなかったと思いますが」

「そうか……」

「ただ……」

どうした、と千太郎の目が問う。

「あのかたは、人の恨みを買いやすい性格をしていたのではないか、と思います
殺されたのも、誰かに恨まれていたからではないか、という。

「なにか、心当たりでも？」

「いえ、はっきりした敵がいたというようなことは聞いたことはありませんが、少々、人を見下《みくだ》していたところがありましたからねぇ」

「なるほど」

どうやら千恵という娘はあちこちで同じように見られていたらしい。

ただ、それが今回の殺しにつながるかどうか、その証《あかし》となる事実が見つかったわけではない。周りの見方が同じということだけだ。

普段の稽古ぶりはそれほど熱心だったとはいえない、とお静は苦笑する。

「途中でぷいと出て行ったり、また戻ってきたりとそんなこともしていましたしね

ぇ」

「どこに行っていたのか知っているかい？」

弥市が怪訝な口ぶりで問う。

「さぁ、どうなんでしょう」

お静もそこまでは知らないらしい。

もっとも、教えているのだ、途中で消えた千恵を追いかけるわけにもいかないのだろう。

「誰かに会いに行っているということはなかったのかい」

男でもいたのではないか、と弥市は疑っている。

「いいえ、おそらく稽古が嫌いだったのでしょう」

「それで途中で抜け出したと？」

「よくあくびをしていましたから」

「それでぷいと出て行くってぇのかい」

「そんな気まぐれでしたねぇ」

弥市は、千太郎に目を向けてから、

「後で周辺を聞き込んできましょう」

「ふむ。稽古から抜け出てどこに行ったのか見た者がいるかもしれぬな」

「へぇ」

お静が、そんなに遠くには行っていないはずだ、と答えた。

それにしても、稽古を途中で抜け出すとはかなり気まぐれな娘のようだ、と弥市は呆れている。

「私の稽古がつまらないのでしょう」

「そんなことはあるまい」

即座に千太郎は否定する。

「師匠の受け答えからそれはわかるぞ」

「まぁ、それはありがとうございます」

嬉しそうにお静は頭を下げた。

それを潮に、千太郎と弥市はお静の住まいから出た。

「徳之助が喜八のことを調べていますから、またなにか見つけてくるかもしれません」

「徳ちゃんも忙しいな」

「なに、自分から体がなまっていけねぇから、といってきたんですから」

「ほう」

「女のけつばかり追いかけていてもしょうがねぇ」

弥市は、徳之助のだらだらした生活に眉をひそめているのだ。

それでも密偵としての力は認めているのだった。

弥市は、ちょっくら周辺の聞き込みをする、といって片岡屋に戻る千太郎と別れていった。


上野山下の片岡屋に戻ると、徳之助が待っていた。

半刻ほど後に弥市も聞き込みから戻ってきた。

離れの部屋には、由布姫もいて徳之助は悪びれずもせずに、由布姫と一緒にお茶菓子などに手を出している。

庭先に雀がきて、ときどきちぎってそれを投げていた。

「やぁ、来ていたのか」

徳之助は、千太郎の姿を見ても立ち上がろうともせずに、

「雪さんが、いいものを買ってきてくれましたからねぇ」

手に持っているのは五家宝《ごかほう》だ。

もち米ときな粉が材料の中心になっている菓子だった。

弥市は、酒以外でも口にするのかと揶揄《やゆ》するが、

「へへへ。女と一緒にいるとこういうものが好みになるんでさぁ」

悪びれずに答えた。

ちっと弥市は、また女の話かと嫌そうな目つきをするが、

「親分もいい加減に嫁さんをもらったらどうです？」

「やかましい」

「いつまでもそんな鬼瓦みてぇな顔つきでいたんじゃ、女は近づかねぇなぁ」

徳之助は、からかっている。

「まぁまぁ、そんなことはどうでもいいではありませんか。徳之助さん、早く喜八についての首尾を」

由布姫が催促をして立ち上がっていなくなったと思ったら、すぐ戻ってきて、

「どうぞ」

お茶を千太郎と弥市に出した。

「今日は、お茶に当たる日らしい」

苦笑まじりに千太郎がいうと、

「おや、そんなことがあったのですか?」

「ふむ」

いままでお静という花や音曲を教えている師匠のところにいた、と千太郎が答える。

「おや、それはまたようございましたねぇ」

皮肉に聞こえて千太郎は、お調べのために会ってきたのだと宥めようとする。

「はいはい」

目を合わせない由布姫に、千太郎は手こずっている様子だが、なにふたりはそうやって楽しんでいるのである。それを知っているから弥市も徳之助もあまり気にはしていない。

「で、徳之助、喜八についてなにかわかったかい」

訊いた弥市に目を向けつつ、へえへぇ、と徳之助は口を頬張りながら、

「喜八もそうですが……」

「なんだい」

「ちょっと不思議な話が聞けました」

「もったいぶるな」

徳之助はお茶で唇を潤して、

「福丸屋の女房なんですがね」

「……お久美といったな」

「そのお久美ですが……親分は深川の甚内《じんない》という男を知ってますかい？」

「甚内だと？　聞いたことがありそうだが」

よくは知らねぇと答えた。

「そうですかい。こいつは近頃、ちっとばっかりのしてきた野郎でしてね。仲間とつるんで地廻りみてぇなことをやっているんですよ」

「あぁ、なんとなく聞いたことがあるなぁ」

「そいつとお久美がつながっているという噂でして」

「どういうことだい」

薬種問屋の女房と、地廻りの親分じゃ釣り合いが取れねぇ、と弥市は首を傾げた。

三

徳之助は、体勢を入れ替えて、背中を伸ばした。

「お久美がどうしてそんな地廻りとつるんでいるんだい」

弥市は得心がいかねぇ、とぶつぶつ続けている。

「さぁ、そこがわからねぇ」

唇を歪めながら、徳之助は大きく息を吐く。

「ふぅ……でね。聞き回りましたよ。東両国界隈を」

「じらすんじゃねぇ」

「へへ。でね、ある野郎に行き着きました」

大吉《だいきち》という男だという。

「いい名前でしょう」

「そんなことはどうでもいいから、先を進めろ」

へぇ、と徳之助は返事をしてから、続けた。

「その大吉という野郎は、甚内の手下じゃねぇんですが、甚内とは懇意だ。そこで大吉はお久美から文を甚内に渡してくれと頼まれた、といいます」

「文だと？」

「大吉に直接聞いた話だと、密会でもするつもりじゃねぇかというんですが」

「真のことかい」

「そこは推測でしかありません。さすがに大吉も中身を調べたわけじゃなさそうでしたしねぇ」

その言葉に、弥市は千太郎を窺う。

「旦那……これはどういうことです？」

「さぁなぁ。いま初めて聞いたことだ」

「なにか、いつもの手で快刀乱麻《かいとうらんま》のような謎解きをしてくださいよ」

「それは無理だ親分」

苦笑いしながら千太郎が答えるのを見て、由布姫が口を挟んだ。

「普通に考えたら、不義の連絡とでもいうのでしょうが」

「そう簡単なものかどうか」

千太郎は、あっさりとは同調しない。

「では、ほかになにかありますか？」

「いや……それがわかっていたら問題はないのだが」

それでもこの事実はなにかを示唆しているかもしれない、と千太郎は甚内について調べたほうがいいと呟いた。

「だいたいあの女房は、色っぽすぎますぜ」

徳之助が舌なめずりでもしそうである。

「おめぇ、馬鹿な考えは持つなよ」

「はい？」

「手を出すんじゃねぇ、っていってるんだ」

「親分、それはねぇでしょう」

「ひとごとみてぇにいうな」

「あっしだって馬鹿じゃねぇ」

「そうか？」

やめなさいよ、という由布姫の言葉でふたりは黙ったが、まだ徳之助はなにかいいたそうにしている。

「なんです？　徳之助さん」

由布姫が問うと、ぱちんと手を打って、

「ほら、雪さんはちゃんとわかってらっしゃる。あっしがいいてぇのは、お久美ってのはもと武家の娘でしょう」

ふむ、と千太郎が頷く。

「それがどうして甚内なんぞと知り合うことになったのか、それが不思議でしょうがねぇんですよ」

「その間に誰かが入っているというのですか？」

「もと武家の娘。いまは大店の女房。それがどうして地廻りなどと接点があるんです？　それがわかればいいなぁ、とまぁ、そんなことを考えていたんですがね」

そういって、弥市を見つめた。

ふん、と弥市は横を向いて、

「大吉という野郎がふたりの間を取り持っているとしたら、そいつを叩けばなにかわかるかもしれねぇ」

確かにねぇ、と由布姫も賛同した。

喜八や大吉についてはどこまでわかっているのか、と千太郎が問うと、これから聞き込んでみるつもりだ、と徳之助は答えた。

「今回はいやにやる気があるんだなぁ」

弥市は皮肉をいう。

「ですからね。女に養ってもらい続けるにも、あるていどはお足がねぇといけねぇなぁ、と心を入れ替えたってわけでしてね」

「本当かい」

「嘘だというんですかい？」

「さぁなぁ。おめぇの話はいつもどこまでが本当のことかわからねぇ」

「親分、もうちっとは人の言葉を信じたほうがいいですぜ」

「ご用聞きは疑い深いのだ」

「ははぁ……」

苦笑する徳之助に、千太郎はまぁしっかりやってくれ、と告げてふたりの言い合いは終わった。


翌日、千太郎と弥市は甚内と会うため、東両国に向かった。

片岡屋から上野広小路に出て、そのまままっすぐ御成街道《おなりかいどう》を南下して神田川に出た。

川沿いに向柳原《むこうやなぎはら》を大川に向かった。

柳橋に出てそれを渡るとすぐ両国橋である。

西詰めから東詰めに渡った。

相変わらず猥雑な雰囲気に包まれたこの界隈に出ると、夏の日差しがそれまでより増して、強く降りかかるようだった。

軒が低いわけではない。

簡易な床店などが並んでいるからだろうか。

見せ物小屋の看板は、夏のせいか裸の女の姿が目立っている。

弥市は、舌打ちしながら、

「こんな看板ばかり掲げているから、なかには了見《りょうけん》のよくねぇ若い男が出てくるんだ」

「おや、親分は裸が嫌いかな」

「……そういうわけじゃ……」

「好きならよいではないか」

「ですから、そういうわけじゃありませんや」

「波平さんなら、どう見るであろうか」

「あんな看板をですかい？」

指さした看板は、上半身をはだけた女が、逆立ちしている図が描かれている。なんの見せ物小屋なのか意味がわからねぇ、と弥市は十手を取り出して、肩をトントンと叩き続ける。

「うん、まぁ、あのような看板もたまにはいいのだ」

にやにやしながら千太郎は、看板を見つめつつ歩き続ける。

「そうですかねぇ」

「水清ければ魚棲《す》まずというではないか」

「まぁ、そうでしょうが」

「あまり、固いことばかりいうておると、娘たちに嫌われるぞ」

「商売がこれだからしょうがねぇです」

　十手をふりふりと振り回した。

　それを見た通行人が、すぅっと離れていく。

「ね。こんなもんです」

「人が逃げていくのを見て喜ぶのは、親分くらいではないか」

　笑いながら千太郎は、手を日除け代わりにして進んだ。

　甚内が手下たちと一家らしい格好の住まいを構えているのは、東両国から六間堀《ろっけんぼり》に向かったところにあった。

　右手には大きな御舟蔵《おふなぐら》の壁が見えている。

　訪いを乞うと、若い者が出てきて弥市の顔を見てすぐ奥に引っ込んで、またすぐ戻ってきて、どうぞなかへと腰を曲げた。

　間口七軒ほどの広い土間があり、そこから板の間。階段がありその奥に甚内は長火鉢の前にでんと座っていた。

夏なので、火鉢に火は入っていないが、猫板《ねこいた》には銚子が一本立っていた。

千太郎たちが訪ねたのは、昼前である。

朝酒でも飲んでいたらしい。

甚内は、目玉がぎょろりとした大男であった。

この体でのし上がってきたのだろう。腕っ節もかなり強そうである。さらに、二の腕には髑髏《どくろ》の彫物が見えていた。

最初は数人の仲間と地廻りのような真似事をしていたのだが、やがて仲間のなかでも腕っ節の強い甚内が頭《かしら》についたのである。

十人以上の荒くれたちを束ねるだけの迫力はある。

弥市が十手を見せてご用の向きだと伝えても、

「そうですかい」

まったく怯む様子はない。

そこで、弥市は直截《ちょくせつ》に訊いた。

「両国に福丸屋という薬種問屋があるんだが、知ってるな」

「……さぁ、知らねぇなぁ」

火鉢に腕を乗せてだらしない格好であるが、ときどき弥市のとなりにすっくと背筋を伸ばして座っている千太郎のほうにちらちらと目を送る。

何者だ、という不審な眼である。

修羅場をくぐってきた甚内だ、千太郎の佇《たたず》まいになにかを感じているらしい。

「旦那……」

弥市の質問を遮って、甚内は千太郎に目を送った。

「あのぉ……」

どちらさんかと訊きたいのだろうが、

「えぇと……」

「なんだ。私の素性を知りたいのだな」

「はぁ、まぁそんなところでして」

「気になるのかな」

「いや、まぁ定町廻りとは見えませんから、どちらさんかと思いまして」

「私は悪の目利きをやっておる」

「はい？」

「悪人の腹を読んで、この親分に教えておるのだ」

「なんです、それは？　八卦見《はっけみ》のようなものですかい？」

「違うな。まったく違う。真実の目を通して悪を見通すのだ」

「……よくわかりませんが」

「それでよい」

「いいんですかい？」

「無理に理解しろとはいわぬ」

にこりと千太郎は笑みを浮かべた。

人を喰った千太郎の態度に、甚内はどう応対したらいいのかわからぬのだろう、ごそごそと体を動かしながら、

「で、その福なんとかという店がどうかしたんですかい？」

「娘が蔵のなかで殺されていた話は知っているはずだ」

「あぁ、あの件ですかい」

「なにか含みがありそうじゃねぇかい」

「そんなことはありませんや。ただの噂を聞いただけでして。あぁ、ひょっとしたら山之宿の親分さんですかい？」

「そうだが？」

「というと……ははぁ、こちらは山下の」

と口ごもりながら、

「それで、目利き……ですかい」

下から千太郎を窺うように見つめる。

四

「どうやら私のことを知ってるらしい」

「へぇ、まぁなんとなくですがね」

上野山下の目利きさんと山之宿の親分さんが、いろいろ事件を解決するという噂は聞いたことがある、と答えた。

どんな噂かと問う千太郎に、甚内はいや別に詳しく聞いたわけではない、とごまかした。乱暴者を集めている甚内だ、悪事に手を出すときには、このふたりの動きに気をつけろとでもいわれているのだろう。

「まぁ、そんなことはどうでもよいとして……本当に福丸屋のことは知らぬか」

きりっとした目で千太郎に見つめられて、

「へぇ……本当に知りません」

甚内は知らぬ存ぜぬをくりかえす。

弥市は、徳之助から聞かされた大吉と文の話を持ち出そうとするのだが、千太郎が目でそれを制した。

「本当に知らぬのだな?」

念を押された甚内だが、返答はまったく同じで、

「まったく知りません」

そう答えるだけであった。

「そうか、ならばよい」

邪魔したな、と千太郎は立ち上がる。

甚内は、これはお役に立てずに申し訳ねぇことで、と慇懃に頭を下げた。

「また来るかもしれぬぞ」

「へぇ、まぁ、なにかご用の向きのときはいつでもどうぞ。まぁ、大歓迎というわけにはいきませんが」

不敵に笑う甚内に、弥市はあまり図に乗るなよ、と十手を突き出すが、

「親分、それはありませんや」

甚内はまともな仕事をしているのだ、と答える。

「そらぁ、表向きはこの界隈をまとめているふうに見えるがな。裏ではなにをやっているのやらわからねぇ」

「まぁ、ご用聞きのかたは、疑い深いですからねぇ」と甚内は薄ら笑いを見せるのだった。

外に出た弥市は不服そうに横に付くと、

「まだ、締めあげていねぇのに、どうしてやめたんです？」

「わからぬか」

「へぇ……まったく、さっぱりまるでわかりませんです」

「大吉だ」

「はぁ？　富くじの話ですかい？」

「まさか、こんなときにそのような面倒な話はせぬぞ」

「そうですかねぇ」

「大吉はなにをしていたか考えてみよ」

「へぇ、文の橋渡しをしていたという話でしたが？」

それがどうした、と弥市は目を向ける。

「ということは、甚内はそれを持っているということになる」

「まぁ、そうでしょうねぇ」

「もっとも大吉の話が本当ならば、だが」

「本人に会って確かめますか？」

「いや、それより早くて簡単な方法があるぞ」

「へぇ？」

「忍び込むのだ」

「どこにです？」

「親分、頭はどこについておるのだ？　ただ首の上に載せているだけでは意味がないではないか」

「そんないいかたしなくても」

「では、考えろ」

「……さっぱりです」

「文は誰が持っておる」

「それぁ、甚内でしょう」

「ならば、それを見つけたらよいではないか」

そこで、初めて千太郎がなにを考えているのか、気がついた弥市は、

「まさか……」

疑念の目を向けながら、

「盗人の真似事をやろうってんですかい？」

「人助けだ」

「誰を助けるんです？」

「困っておる誰かだ」

「……お久美ですかい？」

「文などを渡して後悔しておるかもしれぬではないか。それを助けるのだ」

「しかし……」

岡っ引きが盗人の真似などできない、と弥市はいいたいのである。

「親分、固いことをいうな」

事件解決のためなら、少々の危険は冒さねばならん、と千太郎は諭した。

「これは危険を冒すとか、そういう問題ではありませんや」

「心配はいらぬ。私は忍び込みが得意だ」

「聞いたことがありませんが？」

「いま初めていったが、多分得意だ」

あぁ、とため息をつく弥市に千太郎はニヤニヤし続けている。


その日の夜――。

木戸はとっくに閉まった頃合い。

月明かりはそれほどでもない。

雲がかかっているからだ。そろそろ満月だから、盗人の真似事をするにはありがたい雲だった。

千太郎と弥市は音を消して両国へ向かっていた。

「あぁ……」

さっきから弥市はやたらとため息をつき続けている。

「これから大事な用事をこなそうとしているのに、ため息などつくではない」

「そういっても」

「なんだ」

「こんなことをやらされるとは」

波平の旦那にばれたら大変なことになる、と嘆くが、

「なに、あの旦那はおそらく笑って許してくれるに違いない」

千太郎はまるで気にしていない。

「なぜです？」

「いまは幸せだからな」

「はぁ……」

「祝言が決まったのであろう？」

「いや、まだ日取りを決めるまでは間があるという話です」

「なんにしろ、人は嬉しいことがあると少々の問題は軽く見えるものだ」

「本当ですかねぇ」

「私を信用せぬとはこれいかに」

「いくら目利きだからといっても、人の気持ちまでは図れねぇでしょう」

「いや、わかるのだ」

「雪さんがいて幸せだからですかい？」

「さすが、山之宿の親分さんだ。江戸一だな」

話にならねぇ、と弥市はまたため息をついた。

甚内の住まいに着くと、千太郎は懐から手ぬぐいを出した。真っ黒の地になにか絵が描かれている。

二枚持っていて一枚を弥市に渡す。

なんです、という顔でそれを広げてぎゃっと叫んだ。

「な、なんですこれは」

「わからぬか、顔だ」

「それはわかりますが……」

黒地に白く目と鼻が描かれているのだった。真っ暗ななかで見たらなにやら白い顔が浮かんで見えることだろう。

「いつの間にこんなものを」

不思議そうに弥市が問うと、

「片岡屋の蔵にはいろんなものがしまわれている。それをちょいと借りてきた」

「ちょろまかしてきたんですかい？」

「人聞きの悪いことをいうでない。しばし借りるだけではないか」

普通はそれを盗んできたのだと弥市はいうが、千太郎は借り物だといって引こうとしない。

「誰かに顔を見られそうになったら、この手ぬぐいで顔を包むのだ。そうしたら顔はばれない」

「しかし、これは恐ろしい……」

「であろう？」

ふふふ、と千太郎は含み笑いをする。

建物の屋根は黒く並んでいる。

そのなかでもひときわ広い屋根が見えてきた。屋根瓦こそついていないが、間口七間は目立つ。

夜のため大戸が閉まっているせいか、そこだけ黒い板塀が続いているように見えた。

「どうやってなかに入りますんで？」

「どうするかなぁ」

「考えていなかったんですかい！」

「いま、考えた」

またですかい、と弥市は呆れる。

「この屋敷の裏はどうなっていたかな」

「裏庭があったと思いますが」

「よし、そこから飛び込んでやろう」

ふたりは、大戸に沿って建物の後ろ側に回った。

広い庭があるようには見えないが、板塀に囲まれているところに出た。

見越しの松というには情けない松の木が一本立っていた。

「親分あの枝に摑まることができるか」

「さぁ……やってみましょう」

弥市は数度飛び上がってみたが、寸の間で届かない。

「いけませんや」

「よし、そこに背中を丸めて……」

千太郎が弥市の体を押し曲げた。

「あ、なにを……」

最後までいう間もなかった。

痛い、と叫んだ瞬間には千太郎は弥市の背中を踏み越え、板塀の向こう側に飛び越えていたのである。

残された弥市が背中をさすっていると、

「親分、これに摑まるんだ」

ぐにゃりと曲がった枝が上から伸びてきた。

「ありがてぇ」

ひょいと一尺ほど飛び上がって、枝を掴んだ。

「引くぞ」

塀の向こうから声がかかった。

同時に弥市も、足を板塀にかけてよじ登っていく。

千太郎の姿が薄ぼんやりと見えていた。

五

千太郎と弥市は、庭先を屈んで進んだ。

地面はこの夏の暑さで乾いている。

そのため、足を運びやすくてたすかった。これが雨の日なら足が汚れて歩くのもままならぬことだろう。

庭はそれほど広くはない。

十数歩進んだところで、濡れ縁に出た。

千太郎はそこに上がって、雨戸を開こうとする。

「おや？」

手を止めた。

「どうしたんです？」

「へんだな……開いている」

「閉め忘れたんじゃありませんかい？」

「そうかもしれんが」

「ほかになにか理由ありますかい？」

千太郎はかすかに首を傾げたが、開いている理由がわかるわけではない。

「とにかく入ろう」

へぇ、と弥市は返事をして千太郎のとなりにしゃがんだ。

千太郎が、手をかけると雨戸は簡単に外れた。

もっと面倒なことになるかと思ったが、案外楽だったからかえって不気味である。

外れた雨戸の隙間から、ふたりは体を斜めにして滑り込ませると、廊下に出た。

家のなかはしんとしている。

子《ね》の刻が近い。

みな寝入っているのだろう。

「不用心ですねぇ」

盗人の真似事をしているにもかかわらず、弥市はそんな言葉を吐く。こんなときでも岡っ引き根性が出てくるらしい。

自分で吐いた言葉に笑いながら、弥市は先を行く千太郎の後ろに続いた。

広い部屋らしきところは避けた。

おそらくそういう部屋は大部屋になっていて、子分たちが寝ているに違いない。

数間真っすぐ進むと、突き当たった。

鉤型《かぎ》に左に折れると、すぐ障子戸があった。

「ここに入ってみよう」

耳を澄ましても寝息は聞こえてこない。その部屋には誰も寝ていないということだ。

千太郎が戸を開いた。

どういう手を使ったのか、音はない。

「旦那は、もと盗人ですかい？」

「ふふふ」

含み笑いで返事をする。

もちろん弥市としても本気で訊いたわけではない。

「ここがおそらく甚内の書院であろう」

文机があり書物なども積まれている。

思ったより、整然としている部屋だった。

「なにがあるんです？」

「それを探すのだ。まずはお久美が出したといわれる文だ」

「本当にありますかねぇ」

「だからそれを探せ」

へぇ、と弥市は部屋の隅にあった小さな燭台を見つけて、火をつけた。そのくらいの明かりなら誰も気がつかないだろう。

「いいものを見つけたな」

「岡っ引きですからねぇ」

「もとは盗人かと思ったぞ」

戯言《ざれごと》をいいながら千太郎は、燭台を弥市からもらって、部屋の隅々を照らしながらていねいに探った。

文机の後ろに小さな文箱が置いてあった。

書面がちょうど収められるだけの大きさである。

「これが怪しい……」

そういって、千太郎は箱を開いた。

「これはいっぱいあるなぁ」

といいながら、千太郎は首を傾げる。

「どうしたんです？」

「おかしい……」

「なにが？」

「誰かが先に探したような跡がある」

「それは甚内が開いているからじゃありませんかい？」

「そうかもしれぬが、そうではないかもしれぬ」

「こんなときに、わけのわからねぇ話はやめてくださいよ」

「ふむ」

箱は細長い。その箱にそって書面が並べられているとしたら、文はそろって重ねられているはずだ。

ところが、何枚か開いていた。小さく畳まれているものもある。

「これは、誰かが探し回ったに違いない。甚内が見たのなら、しっかりと戻してあるはずだ」

「先客がいたんですかねぇ」

「いつ盗みに入ったのかはわからぬがな」

千太郎は、静かに一枚一枚開いて読みだした。

「どんなものがあるんです？」

「めぼしいものはないなぁ」

すべて金を取り返してくれとか、あの野郎をやっつけてくれ、などという内容だ。

「甚内がどんなことで金を稼いでいるかよくわかる」

「まぁ、乱暴な連中を抱えていますからねぇ」

「暴力沙汰で面倒を解決しているらしい」

噂どおりの連中だということだろう。

と弥市はいつかとっちめてやる、と呟くが、

「まぁ、世の中にはこのような陰の始末をしてくれる者もいたほうがうまくいくこともあるでな」

「まぁ、そうでしょうが」

ご用聞きとしては、放っては置けないと呟いた。

とそのときだった。

「泥棒！」

大きな声が聞こえた。

「しまった、見つかった」

千太郎が手燭の火を吹き消した。だが、なにかがおかしい。自分たちが見つかったと思ったのだが、こちらに向かってくる足音は聞こえてこないのだ。

「旦那……やはり先客ですよ」

「そうらしい」

自分たちのほかに先に潜り込んだ者がいるということだ。どこの誰かわからぬがその者が見つかったのだろう。

「どうします？」

「とにかく廊下へ出よう」

戸を開いて外に出ると、ばたばたと足音が聞こえた。ひとりやふたりではない。数人が追いかけ回している音だろう。

「こっちに向かってきます」

弥市が身構えた。

「逃げろ！」

弥市の体を押して、自分は足音のほうへと進んでいく。

「どこに行くんです」

庭とは反対の方向へと向かう千太郎に、弥市は声をかけて、

「早く逃げましょう」

「誰か知らぬが同業者だ。助けてやる」

「そんな、面倒なことになりますぜ」

「それが目的だ」

なにを考えているのか、千太郎の頭のなかを推し量ることはできない。だが、弥市は逃げた。

ここで顔を見られてしまっては困る。

まさかご用聞きが盗みに入っていたとなると、大変なことになってしまう。

手ぬぐいを巻けという千太郎の声に、そうかと弥市は懐に隠してあった黒字に白の顔が描かれた手ぬぐいを取り出し、顔を覆った。

よし、と千太郎の声が聞こえた。

声には笑いが含まれている。

自分では見えないが、よほどおかしな格好に違いない。

それは千太郎が同じ姿になったことで、はっきりした。

「これは、怖え……」

暗闇に白いのっぺりした顔が浮かんでいる。幽霊とはいえない、仏像とも違う、人の顔ともいえない。動物が歩き回っているともいえない。まったく異質なモノがそこにいる。

足音が近づいた。

闇に慣れた目に、黒い衣装を着た人間がこちらに逃げてくる。

「捕まえてくださいよ」

「よし」

最初は助けるといっていたのだが、黒装束を見て気が変わったらしい。

千太郎は、また別の手ぬぐいを懐から取り出した。

小柄《こづか》を取り出し、それを手ぬぐいの先端でくるりと巻きつけた。

「待て」

行き先を塞ごうとしたが、敵のほうが一瞬早かった。油断したわけではないが、横をすり抜けられたのである。

「おっと！」

手ぬぐいが飛んだ。

先端が黒装束の手首に当たった。

「う……」

かすかに呻き、なにか匂いを残しながら、横を走り抜けて行った。

「旦那……」

「なんだ」

「わざと逃しましたね」

「いいから、あの者の後を追え」

しまった、と小さく叫んだ弥市は、振り向いて黒装束の後を探すが、庭に降りてしまったらしい。

「野郎め」

「人が来る。早く行け」

へぇと答えて、弥市は庭のほうへ走り去っていった。

残された千太郎は、被っている手ぬぐいの位置を直して、庭とは反対の方向へ向かった。

　闇のなかで白くて不思議な絵で描かれた顔が浮かぶ。その不気味さに追手は、ぎょっとして一度足を止める者が多数だった。

　向かい合った連中が驚いている間に、千太郎はあっちへ行き、こっちへ行き、敵を攪乱《かくらん》しながら逃げた。

　途中、甚内らしき男の声も聞こえてきたが、それを無視して逃げ回った。

「ううむ、これでは結局なにも見つけることができずに逃げることになるが、仕方があるまいなぁ。それにしてもあれは誰だったのか？　ただの盗人だとも思えぬのだが……」

　千太郎は、心でのんびりそんなことを考えていた。

六

　結局、甚内の家ではなにも見つけることができずじまいであった。

　喜八や大吉を調べている徳之助からもまだ連絡はない。調べに苦労しているのだろうか。

弥市もその後、福丸屋と喜八の繋がりを調べていたが、目ぼしい話を仕入れることができずにいる。

袋小路に入り込んだか、と思っているとき、

「旦那……」

例によって縁側で外をぼんやり眺めている千太郎のところに、弥市が血相を変えてやってきた。

「どうした……鯨でも出たか、といおうとしたがその顔は冗談が通じないようだな」

「とんでもねぇことです」

「どうしたのだ」

「甚内が死にました」

「なんだって？」

「間違いました。殺されました」

「いつ、どこで、誰がやった！」

「ちょっと待ってくださいよ。あっしにもまだはっきりしたことはわからねぇんですから。波平の旦那がいま出張《でば》ってます」

「よし、すぐ行ってみよう」

現場に案内しろと千太郎は立ち上がった。こんなときの千太郎の体裁きは早い。普段、へらへらしているのが嘘のようである。

「死体が見つかったのはどこだ」

庭に下りながら問う。

「へぇ、六間堀のすぐそばです」

「というと、甚内には地元ではないか」

「油断していたんですかねぇ」

「刺されたのか」

「いえ、首を絞められていたそうです」

死体を発見したのは、しじみ売りの子どもだった。

明け六つ半に、一太《いちた》という十二歳の男の子が見つけたというのである。

「いつもそのあたりを売り歩いているということでして。その日も同じ道を歩いていると、人が倒れている。ときどき酔っぱらいが寝てしまい、朝まで倒れ込んでいる姿を見つけることもままあるそうでしてね、いつものことだと思って素通りしようとしたんですが、首の周りが赤くなっているので、変だなと思ったらしいです」

「賢い子どもではないか」

「ひょっとしたらそれは嘘で、酔っぱらいぶりを確かめて、寝入っていたら財布でもいただこうと思っていたのかもしれません」

「親分は、疑い深いのぉ」

「このくれぇ考えないと、江戸のご用聞きはやってられませんです」

本気とも嘘ともいえぬ顔をした。

殺されたのは、前日の夜か朝だろうと検視の役人がいっているらしい。

そうか、と千太郎は答えてから、

「親分、これはある意味千恵殺し、喜八殺し事件を解きほぐす糸口《いとぐち》になるかもしれぬぞ」

「どうしてです？」

「なかなか手がかりが見つからずに困っていたではないか」

「へぇ、そのとおりで」

「だが、これで事件は動いた」

「甚内の死がなにか関わりあると」

「誰かが困っているからだ、甚内が殺されたのは敵が焦り始めているからかもしれないではないか」

「この事件に関係があるとは限りませんが」

「いや、ある」

「その心は？」

「勘だ」

「はぁ……」

確かにいままで千太郎の勘が当たったことは何度かあるが、今回は殺されたのが甚内という乱暴者だ。

貯めていた文を見ただけでも、甚内が暴力を使ったり、脅しをかけたり裏でどんなことをしていたか、わかったものではない、と弥市はいうのだ。

「誰か、甚内に泣かされた奴がいて、それの恨みで殺されたということも考えられませんかねぇ」

「それはあるだろうな」

「旦那。どっちなんです」

「それをいまから調べるのではないか」

早く現場に案内しろ、と千太郎は足を速めた。

上野山下の人通りはいつもよりぐったりしているように見えた。

それだけ蒸し暑いのだ。

大川から上ってくる湿気が多いせいかもしれない、と思っていたら、

「きたぁ！」

突然、雨が降りだした。

それも雷を伴い、突風も吹き荒れている。

「ぎゃ！　旦那こんなか行きますかい？」

「濡れて行けばよいではないか」

「しかしこれじゃぁ」

慌てて蛇《じゃ》の目傘《めがさ》を差し始めた人たちは、風で傘を持つこともままならない。傘が折れそうになり、その場に立ち尽くしている。

「旦那、いったん戻りましょう」

弥市は、二の足を踏んでいるが、

「これで少し涼しくなるぞ」

千太郎は、まったく意に介さない。むしろ子どものように喜んでいる。

「ほらほら寒くなってきた」

確かに、風と雨でまるで季節が戻ったようである。体に当たる雨が冷たいのだ。

「雹《ひょう》でも降りそうです」

「降れ降れ、どんどん降ったらよろしい」

「そんな無責任な」

「なにが無責任だ。私は雨の恵みを天からいただこうというておる」

「本当ですかねぇ」

「疑い深い親分だ」

「ご用聞きですから。仕方ありませんや」

「しかし……」

千太郎がふと足を止めて、弥市の顔を見つめる。目がかすかに悪戯っぽく光っているように見える。先ほどまで覆っていた雲が動いて、光が差してきたからだ。

「なんです？」

急に眩しくなり弥市は目を細めた。

「この嵐は、この事件を解決に導く嵐かもしれんと思うてな」

「なにをおっしゃいます。ただの夏の嵐ですよ」

「親分は、情緒がないのぉ……」

そうこうしている間に、ふたりは大川沿いを下って、両国橋に着いた。雨から逃げようと速歩をしたためか、思ったより早く着いたような気がする。

そこから六間堀まではすぐだ。

川風を受けながら歩いているうちに、雨が上がり晴れ間が出てきた。

「ほらみろ、すぐ終わったであろう？」

「まぁ、ねぇ」

「夏の嵐はすぐ終わるのだよ。覚えておけばよろしい」

「へぇ、まぁせいぜい孫子《まご》の代まで遺言にしておきましょう」

「……親分も近頃はいうようになったな」

「黙っていたら、負けてしまいますからねぇ」

「勝ち負けの問題ではあるまい」

ふたりがそんな会話を交わしていると、

「誰が負けたんです？」

黒羽二重に、青々とした月代。

裏紺の白足袋を履いて、十手を腰の後ろに差している。

いま風呂から出てきたようなつやつやした顔で現れたのは、波村平四郎であった。

第四章　福丸屋の謎

一

じめじめした雨の名残《なごり》が現場を包んでいる。

甚内がどうしてこんなところで首を絞められたのか、理由がわからない、と波平は首を傾げている。

そばにいて、現場を取り仕切っているのは、このあたりを縄張りにする藤助《とうすけ》というご用聞きだ。

「こんなにあっさりと首を絞められるような玉じゃありませんがねぇ」

藤助も同じように不審に思っているとのことだ。

それはそうだろう。

なにしろ腕ずくで縄張りを拡げてきた男だ。

地元で首を絞められて死ぬなど、誰も考える者はいない。

「顔見知りか、よほど油断していたとしか思えません」

四十がらみの藤助は、顔に汗をかきながらいった。

弥市とは顔見知りである。そのため縄張り違いでも、弥市の顔を見ても、不服そうな顔はしなかった。むしろ、面倒を解決してくれ、と頼み込むほどである。

波平は藤助に甚内のここ数日の行動を調べてくれ、と頼んだ。不審な動きがなかったかどうか、それを知りたいというのである。

藤助は合点、といって弥市を見ると、

「山之宿の、よろしく頼むぜ」

「親分さん、あっしになにができるもんですか。親分のように年季の入った人に頭を下げられると恐縮しまさぁ」

「なにをいうんだい。いまや山之宿の親分は、江戸一のご用聞きとの噂じゃねぇかい」

「そんな……」

先輩にそこまでいわれると、弥市としても穴があったら入りてぇ、という風情《ふぜい》である。

その会話を横で聞いていた千太郎は、にやにやしながら、

「親分、頼もしいのぉ」

「旦那まで、冷やかすのはやめてくださいよ」

そういいながら、ふと目を細めると、

「そういえば、先日の件なんですがね」

まさか甚内のところへ盗みに入ったとはいえない。声も低めながら、弥市は続ける。

「あのとき、先客がいましたねぇ」

「いたなぁ」

千太郎は、のんびり答える。

「奴の部屋に入った形跡がありましたね」

「ふむ」

「その野郎が下手人《げしゅにん》ということはありませんかい？」

「あり得るな」

あのとき小柄《こづか》を挟んだ手ぬぐいで傷をつけた、と千太郎は弥市に告げると、では、その傷を持っている男を探したらいいのではないか、と弥市はいう。

「男とは限らぬぞ」

「女だったんですかい？」

「いや、それはあの瞬間に判断するのは、難しかった」

「さすがの旦那でも？」

「私は千里眼ではない」

「おや、違いましたかね？」

「当然ではないか。もし千里眼を持っていたら、なんでも遠くを見通すし、どんなことでも見透かすことができるではないか」

「あっしは、てっきりそうかと思っていましたがねぇ」

半分、冗談をいいながらも、弥市の目つきは本気のようでもある。

「あのときの黒装束がどこのどいつかわかればなぁ」

「まぁよい、とにかく亡骸を見てみたい」

へぇ、と弥市は波平を探した。

波平は薦を被せた亡骸のところにいて、周囲に集まった野次馬たちを追い返すように、町方たちに指示を与えている。

このあたりは、両国の広小路から離れているので、それほど多くの人が歩いているわけではない。

それでも、けっこうな人が集まり、

「甚内が殺されたのかい」

と驚きの声を上げていた。

まさかあの甚内が殺された、と噂が急激に拡がっていったからだった。

甚内の亡骸の前で、おいおい泣いているのは子分衆だろう。

夏のせいか尻端折《しりはしょ》りをした子分が多い。

ひとりひとりに質問している波村平四郎のそばに、弥市は近づいた。

「千太郎の旦那が死骸を検《あらた》めてぇというんですが」

「おう、そうか、いいだろう」

なにか見逃したところを見つけてくれるかもしれない、と頷いた。

死骸の前に立った千太郎は、薦を外して甚内の体を隅々まで調べている。

「ふむ……」

疑問でもあるのか、と弥市が問う。

「首を絞められている。だが、あまり力が入っているとは感じられないのだ。絞めたときには指の形が残るものだ」

そういって赤くなっている首の部分を示した。

確かに赤くなって指で抑えられたような跡が、残っている。

男がやったとしたら、もっと指の跡は深くついているのではないか、と千太郎はいうのだった。

「やったのは、女ですかい？」

弥市が驚きの声を出した。

「いや、それはまだはっきりはいえぬであろうな。力をあまり入れずに殺した、ということもある」

「でも、そんな器用なことができるもんですかねぇ」

「殺し慣れている者なら、できぬことはあるまい」

なるほど、と弥市は得心顔をする。

そこに、波村平四郎が寄ってきた。

十手は腰に差したままである。

それでも、どこかすっきりとした同心ぶりである。

弥市は波村さんは、どうしていつもそんなにきりっとしているのか、と訊いたこと

がある。その答えが、

「なに、これもいわばこけおどしだ」

そういって、にやりとしたのである。

その日のことを思い出し、弥市はふふっと意味のありそうな笑みを見せながら、

「旦那……甚内の子分たちからなにか新しい事実など出てきましたか？」

「いや、まだだ。一応、藤助に甚内に変わったことはなかったかどうか、それを調べさせているが」

「なにか出てきたらいいですが……」

「それにしても」

と波村平四郎は首を傾げる。

「あの力のある男がどうして首を絞められたのか？」

それがこの殺しの眼目ではないか、といいながら、

「ところで千太郎さん」

「ほい、なんだな？」

「死骸になにか不審なことでもありましたか？」

甚内の死体を検めている千太郎は、体全身の匂いなどを嗅いでいる。

「あるといえばあったし、ないといえばないなぁ」

「どっちなんです？」

弥市はいらいらしている。

「まぁ、まだはっきりとしたことはいえぬ、というだけだ。そういえば甚内の子分たちが来ていたと思ったが？」

「あぁ、さっき帰しました。亡骸を貰いたいといってきたのですが、千太郎さんが調べていたので」

終わったら、戻してやるつもりだったと波平は答えた。

物をいわなくなった甚内は、顔を手ぬぐいで隠されているが、その強そうな腕っ節はそのままである。

足が太い。

手も大きく、小柄な男や女ならそれで殴られたら吹っ飛んでいくことだろう。

それだけに首を簡単に絞められるとは考え難いのだ。

ようやく検視から立ち上がった千太郎は、波平に甚内の子分たちにすこし訊きたいことがある、と告げた。

「藤助親分がいま、子分たちに甚内の足取りやら、近頃おかしなことがなかったかどうか訊きに行かせていますが」

「そうか、ならば藤助親分の帰りを待ってもよい」

「藤助親分は、実直で力もあります」

弥市が太鼓判を捺《お》すと、

「よし、ならば、ちと……」

そこまでいうと千太郎はおや？　と首を傾げて、

「波平さん、あの手ぬぐいは？」

薦のすぐそばに手ぬぐいが落ちていた。

「はい？」

「甚内の顔を覆っていた手ぬぐいです」

「あぁ、あれは子分衆が顔を隠してあげたい、といって被せたものですよ」

薦をかけているのだから顔は見えないが、子分たちとしては、それだけでは足りなかったのだろう。おそらく、普段使っているものか、あるいは甚内が気に入っていた手ぬぐいをかけたのではないか、と波平は推量した。

「そうですか」

得心顔しながら、千太郎はもう一度、甚内の死骸の前にしゃがんで、手ぬぐいを拾い上げてしまった。

「波平さん、弥市、これを見てみろ」

「なんでしょう」

波平と弥市が渡された手ぬぐいを開いた。

「あ、これは……」

先に声を上げたのは、弥市だった。

「これは福丸屋の手ぬぐいじゃやねぇですかい」

甚内と福丸屋にはなんらかの繋がりがあったということになる……。

二

ちちちと鳥の鳴き声が聞こえる。

夏の日差しのなかで、病葉《わくらば》が舞っている。

それほど風はないのにである。

木々の間から光は差し、庭先にある夏の草花を照らしていた。

夏の昼下がりである。

千太郎は例によって縁側にだらしなく横になったまま手枕で居眠りをしていた。

由布姫は、そばでじっと千太郎を見つめている。

「どうしてでしょうねぇ」

ひとりごちた。

「ん？　なにがかな？」

千太郎は居眠りをしているのかと思っていたが、起きていたらしい。

「おや、聞こえましたか」

「ふむ、しっかり聞こえたのだが、なにがどうしてなのであろうかと思ってなぁ」

「不思議に思っていたのですよ」

「ほう」

「どうして私たちは出会ったのでしょう」

「必然というものであろうなぁ」

「そんな簡単なことですか？」

「では、運命《さだめ》とでもいえばよいだろうか」

横になっている千太郎がちらりと薄目を開いた。

「この世に運命などありますか？」

「あるのですよ、姫……」

「その呼び名はおやめください。誰が聞いているかわかりません」

「そうであったな……では、雪さん。この世は楽しいではないか」

「それはもちろんです」

「ふたりがこうして、のんびりと会話を交わしている。これは運命だと思わぬかな？」

「そうなのでしょうか」

「そうなのですよ、雪さん」

そもそもふたりは、許嫁でありながら出会った頃はまったく相手の正体を知らずにいた。それなのに、お互い心が惹かれたのは、なぜでしょう、と由布姫はいうのだった。

「それが運命というのであれば」

由布姫は、そこで口を止めた。

「あれば？」

「そうなのでしょうねぇ」

「私たちはいずれこうなると決められた上の出会いだったのですよ」

「不思議ですねぇ」

悠久の刻が流れているような、そんなゆとりの感じられる会話だった。

「それにしても……」

由布姫が声の調子を変えた。

「この手ぬぐいですが」

「あぁ、福丸屋のものだな。おそらくなにかの祝い事があったときに配ったものだと思われるのだが」

「そのようですねぇ」

子どもと両親が並んでいる絵が描かれていた。子どもが生まれたときの祝いかもしれない、と由布姫は推測した。

子どものほうが大人より前にいて、絵柄も大きかったからである。

「子どもというと千恵が生まれたときのものやもしれんな」

「でも……」

由布姫が怪訝な声を出した。

「千恵さんは一人娘ではありませんでしたか?」

「そのはずだが」

「ここには、子どもがふたりいます」

「ふむ……」

それまで横になっていた千太郎が体を起こした。

「不思議な話だ」

「でしょう？　どうして福丸屋さんはふたりの子どもを描いた手ぬぐいを配ったのでしょう。しかもこれを持っていたのが甚内の子分衆だとしたら……」

「話がややこしくなってきたぞ」

千太郎は福丸屋にはなにか秘密がありそうだ、と呟いた。

「ひょっとしたら、福丸屋さんには、もうひとり子どもがいるのではありませんか？」

「そうかもしれぬ……」

話がどんどん複雑になっていく、と千太郎は呟いた。

千恵が殺された裏には、この家族の確執があるのではないか？

だが、そこに喜八はどのように関わってくるのか、それがまだ一向にはっきり見えないのだ。

徳之助の探索も暗礁《あんしょう》に乗り上げているのだろうか？

そもそも喜八とは？

それに大吉とお久美とはどんな間柄なのか。

甚内とお久美の関わりは？

わからぬことだらけである。

そんなときに起きた甚内殺しである。これが事件解決の糸口になるかもしれぬ、と考えた千太郎であったが、まだまだほつれた糸はほぐれそうにない。

そこに、枝折り戸が開く音が聞こえて弥市が入ってきた。

のんびりした雰囲気が一気に変わった。

千太郎は、それまでだれたような格好をしていたのだが、背筋を伸ばして座り直した。

由布姫が立ち上がった。お茶を淹れに行ったのだろう。

「暑いですねぇ」

この前の嵐が懐かしいや、などといいながら、弥市は首筋や額の汗を手ぬぐいで拭きながら、縁側に上がって千太郎のとなりに座ると、

「藤助親分から言付けを預かってきました」

「おう、甚内の足取りがわかったのだな」

「へぇ、それがなんとも……」

はっきりしねぇことばかりだ、と愚痴るだけである。

「なにがあったのだ」

藤助から聞いたのは、次のようなことだった。

甚内が、東両国界隈で顔役になることができたのは、腕っ節が強いだけではないらしい。

なかなか計算高くて、人の気持ちを把握する才にも恵まれていた、というのだ。

つまり、人を取り込むのが上手だったらしい。

その陰では、人の恨みを晴らすような仕事もしていたというのである。といっても、殺しを請け負うわけではない。

ちょっとした脅しや、嫌がらせをする程度である。だから子分たちは親分も殺されるほど恨まれることはないのではないか、と答えたらしい。

もっとも、それは仕掛ける側の論理である。

脅されたり、嫌がらせを受けたほうとしては、

「殺してやりたい」

と思いつめる者がいないとは限らないだろう。

「まぁ、甚内の子分としては、自分たちはいいことをしている、と考えている節もあるんですがねぇ」

「そんなばかな」

人を脅しておいて、いいことをしているもなにもないだろう、と千太郎は苦笑する。

「へぇ、しかしいままで、あまりそれによって揉め事になることはなかったというのが子分たちの言い分らしいです」

「そう思っているだけかもしれぬぞ」

「もし恨みを持つ奴の誰かが殺したとなると、甚内たちが関わった者たちを片っ端から調べることになります」

それは大変だ、といいたいのだ。

「確かに……」

千太郎も頷いて同調する。

「で、近頃の甚内に変わったことなどはなかったのか」

「それが、どうにもきな臭い話が入ってきました。ここ二十日ばかり前から、ときどき子分たちにも行き先を教えずに出かけることが多くなったというのです」

「ほう」

「黙ったまま出かけることなど、とんとなかったといいますから、おかしいと思いませんか？」

「行き先はわかっておるのか？」

「それがさっぱりでして。一度、子分が後をつけようと考えたらしいんですが、途中でまかれたといいます」

「それだけ用心していたということだな……」

「そういうことですねぇ」

町の顔役ともなると、いろんな会合に呼ばれることもある。

最初は子分たちも女遊びにでも行くんだろう、と思っていたらしい。

出かける前になるとそわそわする甚内を見て、子分たちは、女ができたのかと話し合っていたらしい。

戻ってきたとき、ときどきいい香りをさせていた、というのである。

「いい香り？」

「へぇ、なにか心当たりでも？」

「いや……」

なにかいいたそうにした千太郎だったが、それ以上は語らずに、

「行き先は女であることは確かなのか？」

「いえ、藤助親分もそれについて詳しく訊いたらしいんですが、最後まで子分たちは女だと思う、としか答えられなかったということです」

「ううむ」

藤助はこれは女だ、と弥市に断言したらしい。

子分たちへの調べが終わってから、親分は周辺で聞き込みをしたという。

だが、甚内が女と一緒だったという証を見つけることは難しかった。

どこかで香りを持つ男かあるいは、女と会っていたことは確かなことだ。

匂いが花の香なのか、それとも匂い袋の香りなのか？

千太郎は弥市にお篠と両国で初めて会ったときのことを覚えているか、と訊いた。

「へぇ、なんとなくですが」

「あのとき、お篠がいい匂いをさせていたのを覚えておるであろう？」

「……あぁ、そういえば」

すれ違いざま、いい香りがしたという千太郎の言葉が蘇った。

「まさか、甚内が会っていたのはお篠ですかい？」

「さぁ、それはどうかな……答えを出すのは早過ぎる」

千太郎が答えたとき、由布姫がお茶を持って縁側にやってきた。

「先ほどの手ぬぐいの話も大事ではありませんか？」

なんのことか、と弥市は由布姫を見つめた。

「甚内の顔を隠していたという手ぬぐいですけどね。これは福丸屋のものだったのですよ」

弥市は、死骸を検《あらた》めたときに見たから知っていると答えた。

「それなら話は早いですね」

由布姫は頷きながら、

「福丸屋に行って話を訊く価値はありそうですよ」

よし、といって弥市は縁側から庭に降りた。

一緒に行かないのか、という目つきで千太郎の顔を見ていると、

「いや、福丸屋には雪さんと行こう」

「あっしはいらねぇと？」

「そうではない。親分はもう一度甚内の足取りを追ってほしいのだ」

殺された日、どこに行く予定だったのか、誰かと会う予定だったのか、あるいはひとりだったのか、それを知りたい、と千太郎はいう。

「藤助親分が調べていると思いますが」

「手を貸してやればよい。ひとりで探索するよりふたりで手分けしたほうが早い」

波村の旦那に頼んでみましょう、と弥市は頷いた。

三

両国の風は上野山下とはまた異なった雰囲気を醸し出している。

両国橋から川風が吹くからだろう。

大川を見ると、なにかの花びらが流れていった。

昼過ぎだというのに、すれ違う職人ふうの男から、かすかに酒の匂いがした。東両国あたりで一杯楽しんできたのかもしれない。

しかし、匂いはそれだけではない。

たまに通りすぎる芸妓や、若い娘たちからもいい香りがしていることがある。

匂い袋や鬢付け油から漂っているのだ。

「匂いを気にすると、あちこちから漂ってくるものですねぇ」

由布姫が、感慨深げである。

「人は気にすると、それに気持ちが集中するからではないか」

「はい」

「それに、鼻が利くようにもなるらしい」

「人の体って不思議なものですねぇ」

ふむ、と千太郎は頷きながら、

「くんくん」

いきなり由布姫の体に鼻を近づけた。

「なにをするんです」

「いい匂いがするかどうか、試してみたのだ」

「やめてください、こんなところで」

「では後ならよろしいか」

「千太郎さん！」

足を止めると由布姫はきっと睨んだ。

「はい？」

目は別に吊り上がっているわけではない。千太郎は驚いてもいない。その惚け顔を見て、ますます由布姫は怒りが込み上がったらしい。

た。


「いい加減にしてくださいよ」

「おや」

「人前ではおやめください、と申しておるのです」

「わかった。誰もいないところで……」

「ばか」

ひとこと言い放って、由布姫は目の前にある福丸屋の戸口までさっさと進んでいった。


釜次郎は、千太郎と由布姫ふたりの訪問にも驚きはしなかった。

早く千恵を殺した下手人を見つけてくれという気持ちが強いのだ。

「なにかわかりましたか？」

期待の目で釜次郎は問うが、千太郎はまだだと応じた。

「そうですか……」

あきらかに釜次郎は、落胆の表情を見せた。

岡っ引きなら、尻を叩くこともできるだろうが相手は侍である。

下手なことをいうわけにはいかないと、いらいらしているのだろう。

それを感じることができる由布姫は、できるだけ釜次郎の気持ちを刺激しないように、

「この手ぬぐいを見ていただきたいのですが」

柔らかな声で訊いた。

「はい、これは私どもが作ったものでございますが……」

「いつ頃作りましたか？」

はて、と釜次郎は首を傾げて、

「だいぶ前のことでございます」

「作ったのは、なにかのお祝いですね」

「はい、店が始まってから十五周年のときだったと思います。いまから五年前のことです」

よくこんな手ぬぐいが残っていたものだ、と驚いている。

さらに、これは甚内の子分が持っていたと由布姫が教えると、釜次郎はどうしてあんな連中が持っていたのだろうと、怪訝な顔をした。

もっとも、配った手ぬぐいはどこにでも流れていく。そのなかの一枚が、甚内のところに渡っていったということは、考えられると釜次郎は答えた。

「この手ぬぐいでは、子どもさんがおふたりいるようですが」

「あ、あぁ……それは、まぁ、ふたりほしいなぁ、という思いからです」

「そうですか、おふたりいたのではないか、と思いましたが」

「……そんなことはありません」

子どもの質問をすると、釜次郎はしどろもどろになっている。ひょっとしたら隠し子でもいるのではないか、と由布姫は疑うが、それを口には出さなかった。

「ちと、頼みがあるのだが」

千太郎が、声をかけた。

「はい、なんなりと」

「もう一度、あの蔵を調べてみたいのだが」

「いかようにも、お調べください」

それで千恵がどうして殺されたのかがわかるのなら、どんなことでもする、と釜次郎はうなずき続けている。

蔵は、事件が起きたときのままです、と釜次郎は告げた。

下手人がわかるまで修理などをするわけにはいかない、という。まだ調べつくされていないのではないか、という気持ちもあるのだ、ともいった。

親心としてはそれは当然のことだろう。

まだ午《うま》の刻をすこし過ぎたばかりのせいか、蔵には、真夏の陽が直接当たっている。白い壁が光り輝いて、ここで惨劇が起きたとは夢のようである。

「ところでお篠さんはどうした？」

千太郎に問われて、釜次郎はちょっと使いに出していると答えた。その語り口がどこかぎこちない。

千太郎はじっと釜次郎を見つめた。

だが、なにを考えているのか推し量るまではいかない。

「では、戻ってきたら蔵に来るように伝えてくれないか」

「承知いたしました」

あまり会わせたくないのだろうか、釜次郎の態度はよそよそしい。

蔵の観音扉は開いたままになっていた。

なかは暗くて外からは見えない。

千太郎は蔵の横に向かった。

初めて来たときよりも、地面の草が伸びていて、足を取られそうになる。

途中で千太郎はすこし戻ると、

「雪さん、蔵のなかから大きな声を出してみてくれないか」

由布姫はいわれたとおり、蔵のなかに入る。

湿っぽい匂いに包まれて、あまりいい気分ではない。それにここで人がふたりも死んでいるのである。

「いつ叫んだらいいか合図をしてください」

そういって、開いたままの観音扉を潜った。

階段のそばに行くと、まだ血の染みが残っているように見えた。

行灯に火は入れていないが、外から入ってくるかすかな夏の光が蔵のなかを見通せるようにしてくれる。

明かり窓のところまで来てくれ、という千太郎の声が聞こえ、由布姫はそこまで進んだ。

「大きな声を！」

合図があり、由布姫は一度叫んでみた。

「もう一度！」

再度、叫んでみた。

よし、という声が聞こえて由布姫は蔵から外に出た。

観音扉の前に千太郎が待っていた。

「やはり、あのときなかの声が聞こえたのは、明かり取り窓が開いていたからだ。これが閉まっていたらほとんど聞こえない」

「そこになにか、問題があるんですか?」

「まずは事実を確認している」

そういうと、千太郎は首を傾げる。

「どうして喜八は外に声が聞こえるような危険を冒したのであろうなぁ?」

「そういえばそうですねぇ」

「お篠の言葉によると、喜八は千恵さんを手籠めにしようとしていたらしい。それなのに外に声が漏れるようなことを許すだろうか」

「最初に、窓を閉めるのが普通だと思いますねぇ」

「そう……ただ、そこまで気が回っていなかったということもあるかもしれぬが……」

答えは出ない、と千太郎はいいながら、

「それにしても、なにかおかしい」

「なにがです？」

「それが、はっきりしないからよけい気持ちが悪いのだが……」

とにかくお篠が戻ってくるまで待ってみよう、と母屋に向かった。

だが、なかなかお篠は戻ってこない。

仕方なく一度戻ってまた出直してくる、と釜次郎には告げるしかなかった。

四

その頃、徳之助はようやく大吉から大切な話が聞けそうになっていた。

これまでも、なんどか東両国を流している大吉と会っていたのであった。

だが、なかなか大吉はお久美から文を預かった理由を話そうとしなかったのである。

金を渡そうとしても、そんなものはいらねぇ、と答えた。

どうやら金銭的に苦労はしていないらしい。

誰か後ろ盾がいるからに違いない、と徳之助は睨んでいた。

どうにか大吉の口を割らなければいけない。

そこで、徳之助は一計を案じた。

大吉をはめることだった。

徳之助の得意手は、女を使うことだ。

弥市にいわせると、とんでもねぇ邪道だ、ということになるのだが、徳之助にしてみたら、

「男をはめるには、女を使うのが一番だ」

という気持ちがあるからだった。

それは、自分が同じ策略に遭ったら、あっさり騙されてしまうだろう、という思いがあるからでもある。

計画を進めるために、徳之助は東両国の水茶屋の女に頼み込んだ。

お芳《よし》という名の女で、今年十九歳になる。

大吉をはめるには、ちょうどいい年頃だろうと徳之助は踏んで、お芳に男を嘘でいいからたらしこんでくれないか、と頼み込んだ。

最初は嫌がっていたお芳だったが、

「いうことを聞いてくれたら、なにかほしい物を買ってやろう」

と口説《くど》いた。

お芳は徳之助に惚れている。

できればいい仲になりたいと考えているらしいが、いま徳之助には居候している相手がいる。お芳とのことがばれたら、すぐに追い出されてしまうだろう。

女の住まいを点々とするのは慣れているが、いま追い出されてしまったのでは、弥市の手伝いができなくなってしまう。それは困る。

そこで、なんとか口説いた内容が、ほしい物を買ってやる、という言葉だった。

「本当だねぇ」

お芳はなかなか信用しない。

徳之助がどんな暮らしをしているか、知っているからだ。

「あたいのところに逃げてきてもいいんだよ」

そこまでいわれたのだが、いまはいい、と断った。それがお芳の気分を損ねてしまったのであった。

それでも、なんとか機嫌を直させたのは、徳之助の腕だろう。

最後は、にっこり笑って頼みを聞いてくれたのである。

狙いはこうだった。

大吉は、小悪党である。

東両国界隈で、置き引きや弱い者いじめをして、金をせびるような男だ。

騙されたと知っても反論や仕返しのできないか弱い女たちを的《まと》にしているような男だ。そんな野郎をのさばらしておくわけにはいかない、という気持ちも大きい。

まずは、お芳が大吉に近づく。

きっかけは、それほど大袈裟なことをしなくてもよかった。

芝居小屋などが並んでいるところで、お芳が大吉に声をかける。そうして、仲良くなったところで出会い茶屋に誘いをかけるふりをする。

ふたりが会っているところに、徳之助の息がかかった者が現場で脅しをかける。

そこにたまたま通りかかった徳之助が助ける。

これが段取りだった。

「だがなぁ……」

ひとつだけ困ったことがある。

それは、徳之助には女の仲間で手伝ってくれる者は大勢いるが、男で相棒になってくれる者がひとりもいない、ということだった。

困った徳之助は、弥市に相談をした。

今度は美人局《つつもたせ》の手先か、と苦笑した。

「今度、とは？」

まさか千太郎と一緒に盗人の真似事をしたとはいえない。

「そんなことはいい」

威張って応じてから、

「それで大吉が喋るなら手を貸そう」

そう答えた。

そして――。

いま、弥市は大きな構えの出会い茶屋の前に立っているのである。

「親分……」

横にいる徳之助が、肩をポンポン叩きながら、

「うまくやっておくんなさいよ」

「やかましい」

「おやぁ？　あっしがお膳立てしているんですからね。それで大吉からお久美の話が聞けたら万々歳でしょう」

「それは成功してからだ」

「だから、親分の腕次第でしょう」

「へらず口叩いてるんじゃねぇや。お前はどんな役目なんだ」

「あっしですかい？」

自分は、大吉を助ける役目だとにやりとする。

「そんなことはわかってる。どうやって出てくるかと訊いてるんだ」

「ですから、それは親分が脅しをかけているとき以外ありませんや」

ちっと舌打ちをしながら、弥市はそうかと答えるしかない。

「親分、その十手は隠しておいたほうがいいですぜ」

「……そうだな」

どこに隠そうかと考えていると、徳之助が自分に渡せばいいと手を出した。

一番安全だろうというのである。

嫌そうな顔をしながらも、弥市は腰から十手を外して徳之助に渡した。

「いい加減なことで使うんじゃねぇぞ」

「もちろんでさぁ」

にやりと徳之助は笑って応じた。

とにかくいまは、おめぇを信用するしかない、といいながら弥市は、大きな構えを見上げる。

場所は、池之端である。

このあたりは出会い茶屋が並んでいるために、人通りも多い。

こんなに真っ昼間から入り込む連中がいるのか、と弥市は舌打ちでもしたいような顔つきである。

すぐ近くの不忍池から、水の匂いが飛んでくる。

といっても溝《どぶ》の臭いとは異なり、どこか涼しげだ。

店の名前は、紅玉楼《こうぎょくろう》といった。

看板があるわけではないから、徳之助に訊いたのである。

黒板塀の真ん中にある門を潜った。

誰かと待ち合わせをしている雰囲気を作ってくれと徳之助にいわれているが、こんなところに入ったことのない弥市はどうしたらいいのかわからない。

それともうひとつ心配なことがあった。

それは、弥市の住まいは山之宿である。池之端とは眼と鼻の先だ。顔を知られているとしたら、面倒なことになる。

それに対して徳之助が案を出した。

ばれたときには、隠れた探索だとでもいえ、というのである。

なるほど、と弥市は得心する。

こんな策を練るのは、弥市より徳之助が上らしい。

建物のなかに入ると、突然赤い毛氈《もうせん》が敷かれていることに弥市は目をしょぼしょぼさせた。

外から見るとは、大違いである。

外観は、それほど目立たぬように作っているのだと気がついた。

それに反して、なかの装飾は派手である。

ただ部屋の外側は普通の障子戸である。

さぞかし部屋のなかは、けばけばしいのだろう、と思いながら進んだ。

女中に案内をされながら、

「じつは……」

と弥市は女に声をかけた。

なかに入ってから、急激に度胸が生まれてきたのだ。こうなったら、さっさと身分をあかしたほうがいいのではないか、と考えたのである。

「じつはな……俺は」

「はい、存じております」

「なにぃ？」

「山之宿の親分さんでございましょう」

むぅ、と唸ってしまった。

最初からばれているのでは、隠れた探索もあったものではない。

「なにかご用の向きでございましょう？」

うむ、とふたたび唸りながら、

「そうなのだ、そこで頼みがある」

「なんなりと」

山之宿の親分のいいつけならどんなことでも聞きましょう、と答えた。その顔は本気のようである。

そこで、弥市はこれからふたり連れがくるといって、お芳の人相を教えた。

「その女が誰か連れと来たら、教えてほしい」

「どこの部屋に入ったかですね」

「そうだ」

「では、もっと簡単にいたしましょうか」

「どういうことだ？」

「予め、案内する部屋を決めておいたほうがよろしいのではありませんか？」

「それはありがたい」

顔が売れるというのは、このようなことなのか、と弥市は驚いている。

五

通された部屋は、通りから奥まったところにあった。そこから、弥市の顔を見つける客はいないという女中の算段であった。

気が利く娘だ、と弥市が声をかけると、

「こんなところにいるから、いろんなことが見えてきます。そうしたら、どんな方策を取ったほうがいいのか、それが見えるようになるのです」

笑みを浮かべながら、答えた。

「なるほど……」

心底から弥市は感心する。

世のなかは不可思議である、とまるで千太郎がいいそうな科白を心のなかで吐いている。

ひとりでこんなところにいるのは、なぜかわびしい。

だが、ご用のためだと心を決めて、

「さぁ、大吉よ早くこい」

ひとりごちていると、さっきの女中が膳を運んできた。そんなものは頼んでいない、と怪訝な顔をすると、

「これは、店からのご招待です」

ご賞味ください、と置いていった。

膳には、銚子も一本載っていた。

つまみは豆腐と煮豆である。

「そういえば、腹が減った」

弥市は、ありがたくいただくことにした。だが、杯を手にして逡《しゅん》巡《じゅん》した。酒でご用を失敗してはいけない、と考えたのだが、

「一本くれぇならいいだろう」

まさか酔いつぶれることはない、と杯を口に近づけた。

そのときであった。

かすかにとなりの部屋に客が案内されてきた声と音が聞こえてきた。

杯を膳に降ろして、

「来たな……」

腰に手を当てて、しまった十手は徳之助に貸していたのだ、と気がつく。こんなとなら、持ってきてもかまわなかったではないか、と自嘲するが後の祭りである。

十手はないが気持ちは臆することはない。

ただ、問題は美人局である。

岡っ引きがそんなことをしていいのだろうか、と自問したが、

「これは探索の一貫だ」

自分に言い聞かせると、胸のつかえが取れた。

そっと戸を開いて、廊下に出た。

となりの様子を外から窺う。

ぼそぼそと話し声が聞こえてくるが、内容まではわからない。

いつなかに飛び込んだらいいのか、その機会を窺いながら、外で待っていた。

と――。

女の声が変化した。

飛び込む合図を決めているわけではない。いい具合に入らないと、逃げられてしまうかもしれない。

弥市は機会を窺っていた。

徳之助からは、ふたりの声が甘くなってきたときに飛び込め、といわれているのだが、そんなにうまく感じることなどできねぇと答えたとき、その応対に、大笑いをされた。

しかし、いまは面倒なことを考えている暇はないだろう。

えい、ままよと弥市は部屋の戸を開いた。

「やい！」

てめぇ、と叫んでなかに入ってから、

「あ！」

思わず目を覆いそうになってしまった。

着物は着ていたが、男が女の体に馬乗りになっているところだったからだ。

「やい、てめぇ！」

癖で懐に手を突っ込んだ。

十手を取り出そうとしたのだが、手に触れるものはない。

仕方なく、懐手をしたまま、

「てめぇ、俺の……」

大吉と思える男は、邪魔するんじゃねぇ、といいたそうな目つきで弥市を睨んでいる。

すこしの間、ふたりの目が交差した。

そのときだった、

「お、親分さんですかい？」

「なに？」

「山之宿の親分さんじゃありませんか？」

まさか顔がばれているとは気がつかなかった。

「こんなところにどうして？」

下で仰向けになっている女も不審な目である。岡っ引きの弥市が踏み込んでくるとは聞いていなかったらしい。

きょとんとしてから、はだけていた小袖を着直した。

「やい、てめぇ大吉だな？」

「あ、あぁ、はい」

そう聞いてから、弥市は女に目を向けた。

「ど、どうして親分さんがこんなところに？」

大吉は、不審さが先に来て、とんでもないときに踏み込まれたという思いは吹っ飛んだらしい。

「な、なんだって？」

「こんなところにいるのは、なにかお調べですかい？」

思ってもいないような大吉の態度に、弥市は目的を忘れてしまいそうになった。

「な、なんだと？」

この野郎、惚けるんじゃねぇ、とつい叫んでしまった。

「惚けるとは、なんです？」

「この女をどうするつもりだったんだい」

「え？　あ、あのぉ……」

「やい、はっきりしろい！」

「まさか……」

「なに？」

「あの、この女は親分のいい女だったんですかい？」

「く……なにいってるんだ。この女は、俺の女房になる女だ！」

思わず、叫んでいた。

驚いたのは、自分もそうだが女房になる女だといわれたお芳のほうである。

口をあんぐりと開いて、弥市の顔をじっと見つめてから、

「あんた、ごめんよ。この男が無理やりこんなところに連れてきたんだよ」

「なんだと？」

お芳も弥市の言葉に乗って、芝居をする気になっているらしい。

どこの部屋かわからぬが、嬌声が聞こえてきた。

その声がまた弥市の気持ちに火をつけた。

「やい、大吉！　この落とし前をどうつけるつもりだ！」

「あ、はは、はい……」

「てめぇは、ご用聞きの女に手をつけようとしたんだ。この唐変木《とうへんぼく》め！」

「す、すみません。知らぬこととはいえ……」

弥市が自分の名前を知っている不思議にも、思いいたらないらしい。

「じゃ、ちょっと外に出てもらおうか。こんなところじゃ話にならねぇ」

「どこへ？」

「自身番だ」

「まさか、そんな捕縛されるほどのことはまだ、なにもしていません」

「うるせぇ！」

そのときお芳が、あんた……親分さん、と唇に手を当てて、

「こんなところであまり大声を出すのは、野暮《やぼ》というものですよ」

「ううう」

確かにそのとおりだろう。

弥市はどんと大吉の前に座った。

そばに赤い蒲団が敷かれていることに気がつき、かすかに怯んだ。興奮していて目に入っていなかったのである。

じりじりと、動きながら逃げ出そうとする大吉に気がついた弥市は、こらっと首根っこを押さえつけた。

「勘弁してくださいよ」

知らなかったことだ、と大吉はなんとか逃げようとするが、

「よし、勘弁してやろう」

「本当ですかい？」

「ただし条件がある」

「あぁ、やはり……」

「まずは、ここから外に出るんだ。こんなところに長居は無用だ」

お芳にも一緒に、といいながら弥市は大吉を小突《こづ》いて、廊下に出した。

誰も通っていないと思われたが、例の女中が階段を上ったところにある踊り場から
こちらを覗いていた。

弥市たちの姿を見ると、なぜかにこりと笑みを浮かべて、こちらへ寄ってきた。

「親分さん」

「おう、さっきの女か」

「うまくいったようですねぇ」

「あぁ、ありがとよ」

「いえ……」

返事をしながら、大吉の顔を見ている。

「なんだい、知り合いか？」

「いえ、ときどきこちらに来ていた顔だと思いまして」

「ほう。常連だったのか」

「というほどではありませんが……」

「誰と一緒だったかわかるかい？」

女中は、なかなか相手を思い出せずにいたが、

「顔は覚えていませんが、どこぞのお店のお嬢さんという風情でした。あぁ鼻がつんとんがっていて、なにかわがままな雰囲気を持っている人だなぁと思ったことを覚えています。普段はお客さんの顔は見ないようにしていますからねぇ」

その返答を訊いて、弥市にはひとりの女の顔が浮かんでいた。

六

その頃、千太郎は由布姫と大川端を歩いていた。すぐ目の前に柳橋が見えている。

今日は川風が気持ちがいい。

湿気がそれほどないからだろうか。

「ううむ」

唸り声を上げた千太郎に、由布姫はまた始まりましたか、と笑っている。

「今度はどうしたのです?」

「涼しいのはいいのだが、まったく事件の糸口が見つからぬことが気持ち悪い」

「涼しいこととなんの関係があるのです」

「せっかく気持ちがいい風が吹いている。それを事件が邪魔をするからですよ」

ときどき、千太郎は由布姫と話すとき、ていねいな物言いになる。

「そんな喋り方はやめてください、と前にいいました」

由布姫は、いたって砕けた喋り方である。

「ほい、そうであった」

柳橋を渡り、浅草方面に登っていく。

ときどき、神田川の上を烏《からす》やかもめが飛んで行く姿が見えている。

鳶《とんび》も飛んでいた。

「鳥はうらやましい」

「空が飛べるからですか」

「上から下を見ることができるからだ」

「それのどこがいいのです？」

「ふむ、そう大上段から訊かれると、どう答えたらいいのやら」

答えに詰まった千太郎だったが、そうだといって、足を止める。

「江戸で高いところといえば？」

「山ですか」

「愛宕山《あたごやま》だ。そこに行ってみようではないか」

「なぜです」

「上から下を見ることができる。江戸を一望できるではないか。気持ちがいいと思うのだが、いかがかな?」

「ここからはけっこうありますよ」

愛宕山は、品川方面に向かっていくのだが、いまはその逆を歩いているのだ。

「そうか、遠いか……」

「行こうと思えば行けないことはありませんけどねぇ」

そこまでする必要があるのか、と由布姫はいいたいらしい。

その視線を受けて、千太郎も諦めた。

「では、やめよう。そうだ鳥越《とりごえ》の聖天様《しょうでんさま》にでも行こう。あそこもけっこう高台になっておるからな」

「そんなことをいったら、神田明神様でもかまいませんよ」

「なるほど、あの境内からも江戸の町を見ることはできる。そうだ、湯島天神でもよいかもしれぬ。なんだ、江戸にはけっこう高台があるではないか」

ふたりで、笑いあった。

「ところで、お篠さんはどうしたのでしょうねぇ」

釜次郎の言葉では、使いに出ているとのことだったが、なかなか戻ってこなかった。

それで仕方なく、福丸屋を出たのである。

「釜次郎の目には落ち着きがなかった……」

「そうです。私も気がついていました」

「なにか隠しているな、あれは」

「はい……」

だが、それがなにかはっきりしない。

そういえば、と千太郎は歩みを進めながら、

「お篠と釜次郎はやけに仲が良い、と思ったこともある」

「はい……私もそれは感じていました」

血染めの匕首を持って蔵からお篠が出て来たとき、一目散に駆け寄ったのは、釜次郎だった。

もちろんそれは、千恵の安否を聞き出すためでもあっただろう。

血染めだった篠の肩を摑んで千恵がどうしているか、訊いたのは確かなことだ。

だが、その後弥市がお篠から話を聞こうとしたとき、釜次郎は呆然としているお篠

へ自分が着ていた羽織をかけてあげた。

それを見た弥市が、やけにやさしいと呟いているのを、千太郎も由布姫も聞いていたのである。

奉公人を大事にしているといえばそれまでだが、店の主人が使用人にそこまでするだろうか、と思ったのも否《いな》めない。

「もっと、お篠の素性を調べてみる必要があるやもしれぬ」

千太郎がそういった瞬間だった。

「……し」

唇に指を当てて歩く速度をすこし落とした。

「どうしました？」

両国橋から大川を上って、柳橋を渡り、そこから武家屋敷が並ぶ天王町《てんのうちょう》を進んでいるところである。

そのまま北へ向かうと浅草御蔵の白い土塀が見える。

このあたりはあまり人通りはない。

目の前の掘割にかかる元鳥越橋が見えてきた。

「誰かつけてくる」

そっと千太郎が由布姫に告げた。

「そういわれてみれば……誰でしょう？」

「わからぬ……」

人に恨まれているとは思えない。

たまには、目利きの結果に不服をいう客もいるが、こんなところで襲ってくるほど恨まれているとは思えない。

元鳥越橋を渡ると空き地に出た。

その瞬間、由布姫に川のほうへ逃げろ、といって千太郎は空き地のなかに走り込んだ。

別れたほうが分散されて、どちらに狙いがあるのか、判断できると踏んだからだった。

その意図は由布姫もすぐ気がついた。

「私はあちらへ」

そういうと、すぐ大川に向かって速歩で離れていった。

どうやら尾行者は千太郎に狙いをつけていたらしい。

由布姫が走ったほうは無視して、空き地に向かって来る姿が見えた。

千太郎は、空き地に生えていた松の木の陰でこちらに向かってくる男を捉えていた。

黒っぽい格好をしている浪人のようであった。

髷はぼうぼうで、あまりいい暮らしをしているとは思えない。着ているものも、木綿の古着だろう。

腰に差している鞘を見ると、これもところどころ禿げているようである。

やがて、顔が見えてきた。

「見たことのない顔だ……」

木の陰で呟いてから、

「私になんの用かな?」

のんびりとした声で、男の前に立った。

男は、目をぎらりと向けて、ふんと鼻で笑いながら、

「間近で見たことはなかったから、どんな面相をしているのかと思っていたが、すっ惚けた顔つきの男ではないか」

「それは期待を裏切って悪かった」

「もっと、きりりと手強そうな男だと思って引き受けたのだ」

「おやおや」

「これじゃ、俺の腕にかかったらひとたまりもあるまい」

「ほう」

「……惚け侍め」

「すまぬなぁ」

「いま売り出し、山下の目利きと聞いてこれは楽しみだと思った俺が馬鹿だった」

「これはこれは」

「……おぬし、ほかに言葉を知らぬのか」

「ほい」

「ううう……」

浪人の顔が次第に真っ赤に変化していく。あまりにも千太郎の態度が人を食っているために、怒りがこみ上げてきたのだろう。

いきなり鯉口を切って刀を抜くと、青眼に構えた。

「本当は、こんな構えなどしなくてもよさそうなものだが、まぁ、俺の腕をしっかり見ておいてもらおうか」

「なるほど」

「抜け！」

「いやいや、まだまだ」

「なにぃ！」

浪人は、すすっと前に進んできたと思ったら、ぐいと突きを入れてから上段に構え直した。

「おやおや」

「くそ……」

なにをしても泰然としている千太郎の動きに、浪人の顔色がかわった。

「おぬし……」

何者、という声を飲み込んだ。

「やはり、噂どおりただものではないらしい」

「そうかな」

「これですこしやる気が出てきたと思えよ」

「楽しみであるな」

浪人は、いつまで経ってもまともな会話をしようとしない千太郎に本気で腹を立てた。

怒らせるための作戦だとは気がつかない。

足場を固めてから、浪人はじりじりと千太郎に向けて進む。

その動きを千太郎はじっと見つめている。

「抜けというておる」

じれた浪人が叫んだ。刀の先がゆらゆらと揺れている。目先をかえようとしているのであろう。だが、千太郎にそのような技は効果がない。

「いや、まだまだ」

「けがをしても知らぬぞ」

「殺しに来たのではないのか」

「やっとまともに返答したな……」

「ほい、これはしまった」

すっ惚けた応対は変わらない。だが、浪人はいままでとは違った態度を取り始めている。

これまでの千太郎の動きを見て、一筋縄ではいかないと判断したらしい。先ほどよりは、警戒心が膨らんでいるようであった。

構えは上段から、下段に変化していた。

注意の先を変えようとしていることは明白だった。もちろん、千太郎はそのことに気がついている。

「困ったな」

千太郎が小さく呟いた。

「なにがだ」

「おぬしの雇い主は、いくら払ったのだ」

「なにぃ？」

「どうだ、頼まれた金の二倍出すから、こんな無駄なことはやめたほうがよいぞ」

「なにをいうか」

「そうだ、おぬしの名前を訊いておこうか」

「……大きなお世話だ」

「そうか、では名無しのごんちゃんとでも呼んでおこうか。どうだ、ごんちゃんでは嫌かな？」

浪人はまったく反応を見せずに、じりじりと間合いを詰めるだけである。

その剣先には先ほどとは違って、確実に斬り捨てるという気概が現れていた。

「これはいかぬ」

さすがに千太郎も、刀を抜かざるを得なくなった。

「では、いざ」

　青眼に構えた。

　ぴたりと腰が決まり一寸の隙もない。

「うう……」

　浪人の目に驚愕が浮かんだ。千太郎の強さを感じたらしい。

「おぬし……本当に何者」

「だから、目利きであるよ。ただし、近頃は悪の目利きが専門になっているようだがなぁ……」

　うううむ、と唸り声を上げる浪人はそれまで詰めようとしていた間合いを、今度は広げ始めた。

　前に出ると、自分が危険と考えたらしい。

　それより千太郎のほうが先に動いた。

　すうっとまるで水の上を滑るように前に出たと思ったら、青眼の構えからわずかだが、右に薙いで、それからまた前進した。

　剣先の動きが早くて、浪人には見えなかったらしい。

　腰を引いたまま、動けなくなっているのだ。

すぐ目の前に千太郎の体が斜めに入って、横になった剣の切っ先は浪人の喉仏を突き刺そうとしていた。

あと一寸、力が入ったら、剣は喉を突いていたことだろう。

「誰に雇われたのか教えてもらおうか」

「いえぬ……そういう約束だ」

「それは命があっての約束であろう？　命が消えてしまったのでは、意味がなくなってしまうぞ」

「それでもいえぬ」

「すこしは侍の矜持《きょうじ》が残っているらしい」

そういうと、千太郎は剣先を引いた。

「行け。そして雇い主にいえ。私はどんなことがあっても、あの喜八と千恵殺しは捕まえるから、となし

額に汗を噴き出しながら、浪人はじりじりと下がって、そのまま走り去っていった。

「また会おうぞ、ごんちゃん！」

大きな笑い声で、千太郎は浪人の後ろ姿に声をかけた。

「何者でした？」

戻ってふたりの戦いを見ていた由布姫が、静かに訊いた。

「さぁなぁ。おそらくは千恵殺しを探ってほしくない者の仕掛けではないかと思うが」

「捕まえて、白状させたらよかったのではありませんか？」

「そうも思ったのだが、あえてやめた」

「なぜです？」

「もう一度、敵はなにかを仕掛けてくるはずだ。それを待つ……」

千太郎の顔に不敵な笑みが浮かんでいた。

第五章　牝狐《めぎつね》の夏

一

光が舞っている。

いや、舞っているのは光ではない。

風車《かざぐるま》に当たり、そのために陽光が舞っているのだった。

回しているのは、由布姫である。

いつものごとく千太郎が縁側にだらしなく寝そべり、光りながら回っている風車に手を伸ばした。

「こんなものをいつ？」

「昨日、ここに来る前に山下の夜店で買ったのですよ」

「夜店とは危ない」

「なにをおっしゃいますか。私を誰だと思っています？」

「怪しい姫」

「ですから、姫はやめましょう」

「怪しい雪」

「それもなんだか、あまりいい気持ちはしませんね」

「雪は怖いからなぁ」

「どうしてです？」

「雪崩《なだれ》が起きたらすべてを飲み込んでしまう」

「それが私だと？」

「そのようなことはいうておらぬのだがなぁ」

「そう聞こえました」

それは困った、と千太郎は苦笑しながら、体を起こして、手にした風車に息を吹きかけた。

カラカラと音を立て、羽が回った。

夏の光を浴びる羽は、いろんな色に変化しながら、回っている。

「不思議だ……」

　千太郎が呟いた。

「なにがです？」

「この風車は、右にも左にも回るように作られているらしい」

「風とか、息を吹きかけたときの加減によるものでありませんか？」

「今度の事件も、あちこちに回っているような気がするのだが」

「そういえば、そうですねぇ」

　いまだに千恵と喜八がどのように殺されたのか、はっきりしていない。証言は一緒にいたお篠の言《げん》だけである。

　町方はお篠がその場で見たことをそのまま聞いて、喜八が最初に千恵を襲い、それに対応した千恵が喜八の体に匕首を刺して、ということで決定づけてしまっている。

　しかし、千太郎も由布姫も弥市もそんな簡単なことだったのか、と得心していないのだった。

　波村平四郎も、弥市から事件のあらましを聞いたときは、

「そんなことで終わらせていいものか」

　と疑問を呈したのである。

しかし、一度決まってしまったことを覆すのは大変だ。

本当はどんなことが起きていたのか知りたい、と福丸屋釜次郎は、千太郎たちに事件の真実を暴いてほしいと願っている。

「本当に、お篠さんが見たという話をそのまま鵜呑みにしていていいのでしょうか？」

由布姫は、風車にふぅと息を吹きかけてから訊いた。

「どうだろうなぁ」

「もうすこし真面目になってください」

「私はいつも真面目である」

「……まぁ、いいです」

そこに陽気な声が聞こえてきた。

やっとなぁよいよいよいっと。

逃げたら追ってぇ、また追ってぇっと。

逃げる女は可愛いぞっと。

「なんですあれは？」

都々逸《どどいつ》のつもりらしいが、なんだか怪しげな歌だ。

「あの声は、徳之助さんではありませんか？」

「ということは、弥市親分も一緒か？」

弥市の苦虫を嚙み潰したような顔が浮かんで、千太郎は由布姫がしたように、ふうと風車に息を吹きかけた。

また、かたかたと羽が鳴った。

枝折り戸を開いて、弥市と徳之助が入ってきた。

弥市はいつものように、縞柄の着流しだが、徳之助は空色に金魚の柄《がら》が染め付けられた派手な格好だった。

弥市に頼まれて喜八や大吉について調べ回っていたときは、黒っぽい小袖だったがまた元に戻ったらしい。

その着物はどうした、と千太郎が訊いたら、

「なに、いままでいた女から追い出されたからですよ」

答えたのは弥市だった。

「おや、そうなのですか？」

由布姫が半分笑っている。

「へへへ、面目ねぇ」

ずっと親分の手伝いをしていて、居候先に戻るのが遅くなっていたら、新しい女を作ったのだろう、と疑われて追い出されたのだ、と徳之助は答えた。

だが、まったく堪《こた》えているようには見えない。

「なに、いつものことですから」

屈託《くったく》のない顔つきである。

そんなことで落ち込んでいたら新しい女をつかまえることはできない、とうそぶいているのだ。

「まぁ、そんな話はどうでもいい」

弥市が千太郎を訪ねたのは、ほかでもない、喜八と大吉について新しい話を仕入れることができたからだと、縁側に座り込んだ。

徳之助は、庭先にある切り株に腰を下ろした。

「喜八について、新事実でも出てきたかな？」

「まぁ喜八はただの小悪党ですがね。喜八と甚内はどこかでつながっているのではねぇか、と思っていたんですが、事実が出ました」

「それは重畳」

お前から説明しろ、と弥市は庭先にいる徳之助に声をかけた。

「おめぇの手柄だからな」

へへ、珍しいことをいってくれるもんだ、と徳之助は皮肉をいいながら、

「でも、今回は親分も相当活躍してくれましたぜ」

「おや、なにかあったのですか？」

興味深い声を出す由布姫に、徳之助は、へへと怪しげな笑いを見せる。

余計なことはいらねぇという弥市に、

「いや、これは親分の活躍から話したほうがいい浄瑠璃《じょうるり》になりますぜ」

「やかましい！」

癇癪《かんしゃく》を起こした弥市に、由布姫はまぁまぁいいではありませんか、活躍をしたんでしょうから、と徳之助にどんな話か教えてください、と促した。

徳之助は、出会い茶屋の一件を面白おかしく、身振り手振りで話した。

ひとくさりが終わったときには、千太郎と由布姫は大きな声で笑いながら、大喜びであった。

「やぁやぁ、それは現場にいたかったものだ」

「ち、ちっとも面白くねぇやぁ」

口を尖らせながら、弥市は縁側ででんと後ろに引っくり返った。

大吉を出会い茶屋で捕まえた弥市は、すぐ自身番に連れて行き、お久美との仲について質問したのだった。

そこで、驚くべき話が聞けたのである。

大吉が、お久美から文を預かったのは、次のような経緯があったからだという。

大吉はときどき、甚内のところに出入りをしていた。

あるとき、お久美が甚内を訪ねてきたことがある、というのである。

どんな理由があって、大店の女房が地廻りや、裏の稼業をやっている甚内を訪ねたのか、そこまではっきりは知らないらしいが、

「まぁ、あんなところに来るんだから、やばいことでしょうぜ」

推測されるとしたら、自分の浮気がばれそうになったから、その男を黙らせてくれ、という話じゃねぇでしょうか、と大吉は出まかせをいう。

そんな噂があるのか、と弥市が問い詰めると、

「世間なんざ、そんなもんですぜ」

下卑た笑いを見せたという。

「これは、野郎の勝手な当て推量ですから、本当のところはまだわかりませんがね」

たまたま大吉が甚内の若い奴と一緒においちょを遊んでいたとき、お久美が来たというのだった。

これは、ひょっとしたら脅しをかけたらなにか金のネタになるかもしれねぇ、と大吉は帰り道の途中、お久美に声をかけた。

最初、お久美は鼻も引っかけはしなかったのだが、

「旦那の浮気を知ってるかい」

口からでかませだったが、その言葉にお久美の目つきが変わった、という。

「それで、ははぁ自分の浮気ではなくて、旦那に女がいるかどうか調べてくれ、という内容だったのか、と大吉は気がついたといってましたよ」

ふむ、と千太郎はじっと話を聞いている。

二

大吉の話だと、甚内はお久美に惚《ほ》れているはずだという。

　ということは、甚内がいそいそと出かけていたのは、お久美に会いに行っていたのだろうか。

　弥市が大吉に問うと、

「お久美の弱みを見つけようと思って、一度つけたことがあるんですがね」

　へへへ、とまた下卑た笑いを見せて、会っていたのは確かだが、まだ本当の仲にはなっていなかったはずだ、と答えた。

　どうしてそんなことがわかるのだ、と問うと、

「それは旦那。あっしは小悪党ですから男女の仲はひと目でわかりまさぁ」

　甚内は口説いていたはずだが、それにお久美は簡単には乗ってこなかったに違いない、という。

「料理屋には行きましたが、出会い茶屋には行ったことありませんよ、あのふたりは」

　ただ、甚内は本気だったでしょう、と大吉は、へへへと頬を歪めた。

「それが原因で殺されたのかしら？」

　由布姫が、不思議そうな顔をする。

「浮気をしたわけではないのでしょう？」

「まぁ、そうですが、大店の女房があんな甚内などと密会していたと知れたら、旦那も黙ってはいないでしょう」

「では、旦那の浮気という話はどうなったのだ？」

「さぁ、そこです」

弥市は、十手を磨きながら、

「大吉がいろいろ手を使って探ったんですが、なかなかそんな相手は見つからなかった、というんでさぁ」

まぁ、と由布姫は首を傾げる。

「では、どうして大吉がお久美さんに、旦那の浮気の件だといったとき、驚きの目をしたんでしょう」

「それは、意外な話だったからではありませんかねぇ」

「予測していなかったからでしょうか？」

「まぁ、そのあたりはよくはわかりませんが、驚くような話はこれからですよ」

なんだ、と千太郎は続きを促した。

お篠のことなんですがね、と弥市はそこで一度口を閉じた。

しばらく間があいた。

風車の羽の音だけが、聞こえる。

弥市の言葉を待っている千太郎と由布姫に、あくまでも大吉のいうことだ、と断って、自分からいいましょう、と徳之助が立ち上がった。

「お篠はお久美の子どもじゃないか、と大吉がいうんですよ」

「なんだって？」

持っていた風車を置いて、千太郎は弥市を見つめる。

「ですから、それはあくまでも大吉が考えていたことで、本当のところはわかりません」

もしそうだとしたら、どうなるんですか、と由布姫は迷った猫のような声を出した。

「お久美は、そのことを隠そうと甚内に会ったとも考えられますねぇ」

「ますます糸がもつれてきたではないか」

半分呆れた顔をする千太郎に、

「そうでしょう？　ですから、あっしたちも今後どうしたらいいのかまるでわかりませんですよ」

おかしな言い方で、徳之助はまた切り株に座った。

「しかし、お篠がどうしてお久美の子どもなのだ。女中として暮らしているではないか」

「これも大吉の言葉ですが」

と断って、弥市がいった。

「あの蔵の事件を画策したのは、お篠で、千恵を殺したかったんだろう、というんです」

「ほう」

「だが、お篠はどこで喜八と会ったのだ。それが判明せねばただの当て推量でしかないではないか」

普段、当て推量ばかりいう千太郎の言葉とも思えないのだが、確かにそのとおりである。

「まさか、お久美にお篠はあんたの隠し子か、と訊くわけにはいかねえ……」

訊《たず》ねたところで本当のことを答えるとは思えない。

甚内が殺された原因がお久美との間にあるとしたら、そこからもう一度考えてみるのも大事かもしれない。

千恵が刺されたのは、事故だったのか、それとも用意周到に画策されていたことなのか？

「だけど、お篠が策を練って千恵を殺したとしたら、その理由はなんでしょうねぇ」

「お篠がお久美の娘だとしたら、自分は不当に扱われているという気持ちがあったんじゃありませんかねぇ。千恵は、もともとあまり他人の気持ちを慮《おもんぱか》るような性格ではなかったらしいじゃぁねぇですか」

弥市は、それに違いないと自分でいって自分で得心している。

「まぁ殺すきっかけとしては成り立つが……」

全面的に同調していいのかどうか、と千太郎はいいたそうだった。

「自分がお嬢さんになりたかったというのは、どうです？」

徳之助が庭先から叫んだ。

「お篠は自分がお久美の隠し子だと知っているというのが前提ですが」

知っていたのかどうかそれも鍵だ、と弥市は磨いていた十手をじっと見つめる。

「この十手を使って真を暴く日はいつ来るんだ……」

珍しく気取った言葉を吐いた弥市に、

「しかし、大吉はそんな噂をどこで拾ってきたのだ」

千太郎の疑問に、弥市が答える。

「奴らはあちこち小悪党同士のつながりがありますからねぇ。お互いなにかネタを探しまくっているんでさぁ」

「そういう組織でもあるのか」

「あっしも疑問に思って訊いてみたんですが、組織というほど大きなものではねぇ、とは答えていましたが」

「ひょっとしたら、甚内の一家もそんな話をあちこちで拾っているかもしれません」

裏の世界で暗躍していると、いろんな話が入ってくるのだろう、と弥市はいった。

「そこで、あっしはお篠をしょっぴいてやろうと思ってます」

「ほう」

「あの蔵で生きていたのはお篠ひとりだ。どんな話だって作ることができますからねぇ」

では、自分たちはお久美に会ってみよう、と千太郎は由布姫を誘った。

三

福丸屋に行くと、釜次郎は留守だった。

寄り合いに行ったという奉公人の言葉に、ではお久美さんを呼んでほしいと頼んだ。

出てきたお久美は、相変わらず色っぽい。

甚内が惚れたのもわからないではない。

普段、蓮《はす》っ葉《ぱ》な女を相手にする商売だから、自分の周りにいる女と毛色が違って興味をもったのではないか。

千太郎は、そんな思いでじっとお久美を見つめた。

ごほん、と由布姫の咳払いが聞こえた。

苦笑しながら、千太郎はお篠さんのことを訊きたいと顔色を伺った。

お久美は怪訝な目をしながら、

「お篠のことですか？」

迷惑そうに身動《みじろ》いだ。

「ちょっと噂を聞いたのだが」

「はい」

「お篠さんはあんたの娘ではないか、という者がいてなぁ」

「まぁ……」

「その事実を確かめに来たのだが」

「あの。千太郎さまといいましたね」

釜次郎から聞いているとお久美はいいながら、

「目利きのお仕事をなさっているとか」

「まぁ、そんなようなものだ」

「千恵が殺されたのです」

「それはわかっておる」

「あのとき、千恵とお篠は一緒にいました」

「なにがいいたいのだ」

「娘の千恵が殺されたのです。そのときお篠がいたのですよ」

なにがいいたいのか、千太郎には飲み込めない。

お久美は、そこで言葉を切って、

「そういうことです」

「ううむ。禅問答のようでなにがなんだかわからぬのだが」

「私はお篠を恨んでいるといいたいのです。どうして娘を助けてくれなかったのか、と……」

「ははぁ……それは、暗に自分の子ではない、といいたいわけであるか」

「わかっていただけてうれしいですわ」

ぷんといい香りがした。

「お篠さんと同じ香りがする……」

くんくんとわざと鼻を鳴らす。

「あぁ、それは私があげた鬢付け油です。同じ香りですからねぇ」

「奉公人にそのようなものを贈るとは、やさしいのだな」

「いけませんか？」

挑戦的な声ではないが、どこか不敵な雰囲気もあった。

「では、話を変えましょう。甚内を知っておるな」

「………」

「答えたくなさそうだ、それは知っているということになるのだが」

「知らない、と答えても調べはついているのでございましょう」

「利発な人だ」

ふっとお久美は笑みを浮かべる。

風に包まれたような雰囲気だが、武家の出ということもあるのだろう、凛《りん》としたところもあり、謎を抱えた女にも見える。

そのとき由布姫が、そっと千太郎に耳打ちをしてから、部屋を出て行った。

どこに行ったのか、ともお久美は訊かなかった。

「甚内の件だが……殺された日、お久美さんはどこにいましたかな？」

「どこにも行きません」

家にいた、と答える。

「旦那様にお確かめください」

そうしたら、嘘ではないことがわかるはずだ、というが夫婦の間の証言はあまり当てにはできないだろう。

「では、大吉という小悪党を知ってますね」

「知らないと答えても、無駄ですか？」

「無駄です。調べはついていますから。大吉になにか文を渡していたという話ですが」

「大吉が喋ったのですか。やはりあのような小者は頼りになりませんね」

「なにを頼ろうとしたのです」

「もちろん、甚内と会うためです。そのために文を渡していました」

「不義を働いていた、と自分から認めたことになるが？」

「違います。あることを頼んでいたのです」

「それは？」

「はい、それは、と答えるとお考えですか？」

うううむ、と千太郎は唸る。

「一筋縄《ひとすじなわ》ではいかない人だ……」

「そうでしょうか」

落とした吐息が、もうなにも答えない、と語っていた。

部屋を出た由布姫は、使用人たちに話を訊いていた。

甚内が殺された夜、誰か家から出て行った者がいないかどうか、それを知りたかったからだ。つまり、お久美がその日の夜、家にいたかどうかそれを訊き出そうとしたのである。

奉公人といっても、お篠のほかには三人いるだけだ。

ひとりは、お近《ちか》という古株。おそらくは四十を過ぎているだろう。

それに、十代半ばと思えるお今《こん》。

もうひとりは、三次《さんじ》という十六歳の小僧だった。

お近は通いだが、お今と三次は住み込みである。

まず、由布姫はお近に話を訊いた。

すると、古株だけあってお久美が嫁いできた頃の話を聞くことができた。それによると、武家から嫁いできたということもあったのだろう、お久美はなかなか店にも旦那の釜次郎にも心を開かずにいたようだ、というのである。

それだけに、釜次郎は苦しい思いをしていたのではないか、とお近はいった。

だが、甚内とお久美の仲については、よく知らないと答えた。

ひとつだけ気になることがある、とお近は首を傾げて、

「ここのところ、二ヶ月前くらいから一度、いえ二度くらい旦那さまに、不思議な人が訪ねてきたことがあります」

「といいますと？」

「地面師の人です」

「……釜次郎さんは、どこかの土地を購入しようとでも考えていたのですか？」

「さぁ。そこまでは私もわかりませんが……」

ただ……といって口を閉じた。

「なんです？」

「近頃、どこぞに女を作った様子がみられました」

「女?」

「そうとしか考えられないのです」

「その徴候があったのですか?」

「ときどき、若い女の小袖はどこで買えばいいか、とか、小間物屋はどこで買うと喜ばれるのだ、というようなことを訊かれたことがありました」

「まぁ……」

「ようするに、若い女がいてその人の気を引こうとしていたんだと思いますね。あまりこんなことはいいたくないのですがねぇ。あのおかみさんの態度ではねぇ」

「というと?」

「あんた、まだ若いからわからないかもしれないけど、ほら……夫婦ってのは」

意味深にお近は、目配せをする。

あぁ、と由布姫は顔を染めた。

「つまりね、おかみさんが旦那さまを遠ざけているんですよ。だから、若い女に走るのもねぇ。外から見ていると仕方がないのかなぁ、と」

これは内緒ですよ、といってお近は頭を下げながら、

「それとね、深川にお巻《まき》さんという人がいるから訪ねてみたら、面白い話が聞けるか

もしれませんよ」

「どんな素性の人ですか？」

取り上げ婆ぁで、住まいは一の鳥居のそばにある金助《きんすけ》長屋だといって、あとは本人から聞いてくれとお近は離れていった。

お今は、まだ若いせいか釜次郎夫婦のことには、それほど興味がないようであった。それより自分がどうやったらいい女になれるのかばかり考えているようである。お久美を見ていると、なかなかの艶ぶりである。だから自分もそうなりたい、と考えているらしい。

主人夫婦の間柄に関して訊いてみると、やはりおかみさんがちょっと冷たいと感じるときがある、と答えた。

甚内が殺されたときは、誰も家からは出ていなかったと答えた。

もし、出かけていたら自分の部屋の前を通るからすぐわかる、というのである。寝入っていたらわからないだろう、と答えたのだが、

「それが……あの日は……」

しどろもどろになり、詳しくは三次さんに訊いてくれと逃げて行ったのである。

由布姫は、どうしたのかと三次に問う。

「あぁ……」

　三次は体が大きいがにきび面である。どうみてもまだ子どもだった。

　ところが、にやりといっぱしの男の顔を見せると、

「あのときは、俺がお今さんのところに夜這いをかけていたからな」

　ずっと起きていたから廊下を通った者がいたらすぐわかる。だけど、あの日は誰も通り過ぎた音はしなかった、と答えたのである。

　まじまじと三次の顔を見た由布姫は、そうですか、と答えるだけであった。

　どうやら、甚内が殺された日、この家の者は誰も出かけていないとわかった。

　つまり、お久美は下手人ではない、ということになる。

　また、三人にお篠の居場所を訊いたが、それぞれ旦那様の用事であちこちで買い物をしているらしい、と答えた。

　三人から話を聞いた由布姫は、千太郎とお久美がいる部屋に戻った。

　お久美に訊いたが、私にはわかりません、首を振っただけである。

四

その頃、お篠は確かに釜次郎の言いつけで、若い女が好みそうな小袖を探したり、新しく店を作ったときのため、といわれて調度などを探してあちこちを巡っていた。

釜次郎は、お前がほしいと思ったものでよい、任せるという。好きに探せというのであった。

お近から以前、お篠は旦那さまはどこかに女を囲い始めたらしい、と聞いたことがある。

こんな頼み方をされるのは、お近のいうことは間違ってはいない、と思わせるに十分である。

どうして、私にこんな仕事をさせるのか。

お久美様の気持ちを考えると、なかなか真剣に探し回る気持ちにはなれない。

そのせいか、店巡りもあまり力が入らなかった。

そして、両国に戻ってきたとき、

「おい、お篠」

声をかけられ足を止めると、そこには弥市親分がいた。となりにいるのは、この界隈を縄張りとしている藤助親分だった。

「福丸屋の千恵と喜八殺しで捕縛するぜ」

お篠は、右手に巻いたさらしにそっと手を添えた。

「え？」

「おめぇさんの話は信用ならねぇからな」

そういうと有無をいわさずに、縄を打たれてしまったのである……。


千太郎と由布姫は、深川に向かっていた。

お近から聞かされたお巻という取り上げ婆ぁに会うためである。

「なにがあるのでしょう？」

「さぁなぁ。千恵の出生の秘密かもしれぬぞ」

お近から聞いた釜次郎とお久美の間柄や、甚内が殺された日は三次とお今がどんなことをしていたか、などを告げる。

「三次というのか、あの小僧。なかなかやるではないか」

「なにをいってるのです」

「いやいや。徳之助の弟子にでもなりそうな小僧だと思うてな」

にやにやする千太郎に、由布姫は馬鹿なことをいわないでください、と叱りつける。

水の匂いが強くなると深川である。

このあたりは、掘割が縦横無尽に走っているからだ。

お近から聞いたお巻の家がある、一の鳥居のそばの自身番で金助長屋の場所を訊くと、すぐわかった。

取り上げ婆ぁということは、子どもを取り上げたのだろう。

そこに秘密が隠されているのか、と千太郎と由布姫は話し合いながら、長屋に入っていった。

お巻の住まいは、長屋の一番奥だった。

井戸端の前に行くと、すぐ、赤ん坊取り上げ、と描かれた小さな木の看板が目に入った。

由布姫が障子戸に向かって、声をかける。

「生まれるのですか？」

そういって、戸を開いて出てきたのは若い二十代の娘だった。

「お巻さんはいらっしゃいますか？」

「……母は体調をくずして奥で横になっています」

「あら……」

それは大変なところに来ました、と由布姫は頭を下げて、

「私、福丸屋から来たのですが」

娘は口のなかで、福丸屋？　と呟いてから、

「また、なにか御用でしょうか？」

娘の目に迷惑そうないろが浮かんだ。福丸屋と聞いてなにか気がついたことがある顔色だった。

「お巻さんに、お話を伺いたいのです」

「………」

しばらく返事を待っていると、奥から上がってもらいなさいという弱々しい声が聞こえてきた。

六畳の奥に蒲団を敷いて、老婆が横になっていた。これがお巻だろう。

体を起こそうとしたので、由布姫はそのままでいいと、お巻を押さえた。

「福丸屋から来たという話でしたが？」

商人とは異なる千太郎と由布姫の姿に、お巻は怪訝な顔をする。

「すみません、じつはお近さんからこちらを尋ねるようにいわれてきたのです。なにか福丸屋の秘密があるような話でしたが」

お近からはそこまでの話は聞いてはいないが、おそらく間違ってはいないはずだ。でなければ、取り上げ婆ぁのところに行け、などとはいわないだろう。千恵に関して秘密があるに違いないとは、誰でも気がつくことだ。

「誰かが訪ねてくるとは思っていましたが……」

お巻はそう呟いた。

やはり、なにか秘密があるらしいと、千太郎と由布姫は目を合わせた。

自分たちは、蔵で殺された千恵の事件を追っているのだ、と告げて、弥市と藤助の名前を出した。

ふたりの手伝いをしている者だ、と安心させる。

そこで、ようやくお巻も心を開いたのか、

「それでは、私が取り上げた子どものことを聞きに来たのですね」

ふたりは、頷いた。

そして、お巻の告白が始まった。

半刻後、千太郎と由布姫は驚きと、やはりそうであったのかという顔で、深川から両国へと戻り道を歩いていた。

お巻が取り上げたのは、お篠だというのであった。

つまり、お久美が不義で作った子どもだろう、というのである。

子どもを取り上げたとき、お久美は泣きながら話してくれた、とお巻はいった。

それによると、父親の相手はお久美が釜次郎に嫁ぐ前、密かに付き合っていた男だという。その名は教えてもらえなかったが、おそらくは侍だろう。だから名前は出したくなかったのだと思う、とお巻はいった。

お久美は、家の事情で釜次郎に嫁ぐことになった。

その話を盗み聞きしたとき、お久美は家を一晩空けたのです、といった。

釜次郎のところへ嫁ぐ前に、自分の気持ちを吹っ切るために、その男に会いに行き、別れなければいけない、と告げた。

その日涙は枯れ果てた、とお久美は語ったらしい。

それ以来、お久美から感情というものは消えたのだという。

ところが、いまから十七年前その男と偶然再会したのである。

お互い世帯を持っていたのだが、以前の熱情がふたりに戻ってしまった。釜次郎との生活にお久美はなじめない辛さを、その人の前でぶつけた、というのである。

そのとき一度の間違いで子どもができてしまった。

なんとか隠したい。

そこで、お久美はお近に相談をする。

呼ばれたのが、お巻であった。

そのとき、取り上げた子どもを連れて行ったのが……。

「まさか甚内だったとは……」

まさに奇々怪々な話であった。

甚内とお巻は以前から昵懇《じっこん》だったらしい。

まだ甚内がいまほど大きな顔になる前である。

この深川界隈に縄張りを持ちたくて、いろんな脅しのネタを探していたのだという。

それには、不義の子などを取り上げることがあるだろう、と甚内はお巻を脅して、金になりそうな揉め事が起きたら、教えるようにといわれていたのだという。

「その当時は、私もそんな悪事に一枚嚙んでいたのです」

金がほしかった、とお巻はそばにいる娘の顔色を伺いながら告げたのだった。

その後、甚内はその子をあるところに預けた。

将来、役に立つだろうと思ったからだという。

お久美としても、その子を家のなかで育てるわけにはいかない。とにかく預かってもらえるところを見つけてくれ、と頼んだのである。

産まれた娘は、篠と名付けられ、ある寺で育ててもらうことになった。

お久美から大金をもらったので、ときどきお篠がきちんと成長しているかどうかを見に行っていた。

だが、お篠が福丸屋に連れて行かれてからは縁なく暮らしていた、という。

いつかこの話をするときがくるのではないか、と思っていたが、こう立て続けに訊かれるとは、といってお巻は目を閉じた。

「立て続けとは、誰か私たち以外にも来たのですか？」

「はい……」

「釜次郎さまの使いというかたが……」

長屋を出た千太郎と由布姫は、

「これで、お久美さんと甚内の繋がりがはっきりしましたね」

「お篠がお久美の娘だという噂は本当だった……そして釜次郎はお篠がお久美の娘だ

と知っていた……」

「なにか、謎の鍵が開きましたか？」

「……なんとなくだが」

千太郎は、哀しい話だと呟いた。

五

「その右手に巻かれているさらしはなんだな？」

お篠が捕まっている自身番である。

自身番にいるのは、千太郎のほかには弥市、藤助のふたり。

由布姫は、この自身番に入る前に、そうだ、となにやら気がついた千太郎に頼まれていま来た道を引き返していたのである。

後から、波村平四郎も来ることになっていた。

千太郎は、お篠を前にして問い質《ただ》していた。

「こんな夢の話があるのだが……」

千太郎はひとり語りを始めた。

「あるところに、裏の取引などで、面倒を解決する男がいた。その男はある不義の娘を引き取ったことがある。やがて、その不義で産まれた娘は成長して親元のところに移ることになった」

お篠はじっと目をつぶったままである。

千太郎の話を聞いているのか、どうかはっきりしない。ただ眠っているわけでないだろう。

「しかし、その娘の存在が主人にばれそうになった。そこで、娘は自分がその裏の顔役に取り上げられた証拠を消そうと、密かにその家へ押し入った。母親がその男に送った文を消したかったのだろう。ところがその家に忍び込んだのは、その娘だけではなかった……」

ぱちりと目を開いて、お篠は千太郎を睨みつけた。

「盗みに入ったところが、その家の者たちに見つかってしまい、追いかけられた。逃げようとしているとき、後から来た者たちと遭遇する。そのとき、相手から小柄入りの手ぬぐいをぶつけられた。手に怪我をした……それが、その傷ではないのか？　金瘡薬でも塗っているのであろう」

「…………」

お篠は答えない。

「さらにこんな夢も見たのだが、聞いてもらおうか」

千太郎は続けた。

「私は最初の夢では、その男に渡した文は恋文かなにかと思って見ていた。だが、どうやら違うらしい。その娘についていて内緒にしていてくれ、と確認でもしていたのだろう。その娘は男から文を盗み出したのか、それとも見つからなかったのか、そこまで夢ははっきりしていないのだが、まぁ、それはたいした問題ではない」

普段は帳面などをつけている書役《かきやく》が、千太郎のひとり語りをじっと聞いている。ときどき、反故紙《ほごし》になにやら書き付けているのは、後で報告書でも作成するためだろうか。

お篠は縄で縛られているから動けない。

だが、目だけは動く。

その目を見て、千太郎はすこし不思議そうに見つめた。

「こんな夢の話は面白くないかな?」

「いえ、楽しいですよ」

ようやくお篠が声を出した。

「ほう……」

その目に恐怖も、後悔もなにもない。本気で千太郎の話を楽しんでいるようだった。

「その前にその娘はとんでもないことをしでかしているのだ。それは、娘の姉を殺すことだ」

「はい？」

「姉を蔵のなかに呼びつけた。そして、どこぞで知り合った……あぁ、そうか、その娘は姉のお供として出かけることが多かった。お花の師匠の家に行く途中ではひとりになっていた。おそらくそのときある破落戸《ごろつき》と知り合ったのだな」

「…………」

「姉を蔵に呼び出し、火事になったときなどに蔵のなかの物を運び出すために作られていた裏口からその破落戸を引き込んだ。姉のことを好きにしてもいいと誘いをかけたのであろう」

そろそろ、お篠の顔色に変化が生まれ始めた。

語りの内容が核心をついていたからだろうか。

「そして、ふたりを殺した。なぜそう思うか聞きたいかな？」

「面白く聞いております」

「姉は階段の前で死んでいた。そして破落戸は背中を刺されて倒れていた。そこから推量が生まれる」

「どんなです?」

「最初におかしい、と思ったのが傷の位置だ」

「傷の位置?」

「破落戸の傷は背中にあった。あんな事件を起こした者は慎重になっている。後ろを見せて背中を刺されるということはあり得ぬ。つまりそこにいた娘を仲間だと思って安心していた証《あかし》だ。でなければ後ろをがら空きにするわけがない。だから、娘は破落戸の後ろから刺せたのだ。その後に姉を刺した」


由布姫が来て、そっと千太郎に耳打ちをした。それに頷きながら、

「破落戸はどうして逃げ場のない蔵に入り込んだのか? そんな危険をかけて娘を手籠めにしようとするかどうか……そう考えると、誰かが絵を描いてそれに破落戸は乗せられたのではないか、という推量が生まれた……その絵図面を書いたのがお篠、お前さんだ」

お篠は答えない。

「姉の後釜を狙っていたのか。同じ娘なのに、姉はちやほやされ、自分は下女としての境遇を嘆いたか？」

「そんなことは考えたこともありません」

「そうかな。もう名前をいってもいいだろう。破落戸の名は喜八。姉の名前は千恵。これでどうだ」

　お篠は呼吸を荒くしながら、

「私が、どうしてお久美様の娘だというのです。そんな裏付けはありませんね」

　そこに由布姫がお巻を連れてきた。

「お篠ちゃん……久しぶり……」

　娘に手を引かれたお巻は懐かしそうに、お篠を見つめる。

「これで、逃げ口上はなしだ」

　千太郎が決めつけた。

　観念したのか、お篠はあれは事故でした、とおもむろに喋り始めた。

　立てこもりをさせたのは自分で、千恵を手籠めにさせてやる、という約束で裏口から招き入れた。喜八には東両国で遊んでいたところに声をかけた。千恵をいつも蛇のような眼付きで見つめていたのを前から知っていたので、簡単に乗ってきた、という。

あの日、お篠は喜八を引き込んだ。土蔵を整理することは以前からの予定であった。福丸屋の土蔵には、火事などいざというときに、なかのものを運び出す隠し戸がある。喜八には、蔵のなかで目的を遂げたら、隠し戸から逃げることができると伝えていた。

「ところが問題が起きたのです」

「ほう」

「喜八は、千恵のあとは私だ、と脅しました。隠し戸から逃げようとも算段しましたが刃物を突きつけられていたので動きが取れませんでした」

「そうはいうが、喜八を刺したではないか」

「喜八は、千恵さんを襲うとき、刃物は持ったままでした。私に対する警戒が一瞬おろそかになりました。目の前で千恵さんを手籠めにしようとしました。ところがお嬢さんは黙って言いなりになる振りをして、そばに置いた匕首を取り喜八の背中を刺したのです」

じっと話を聞いていた千太郎は、にやりと笑うと、

「もっともらしいが嘘だろう。いくら喜八がまぬけでも、女に刃物を取られるわけがあるまい？　最初から千恵を手籠めにさせるのをお前は見ていてやるから、刃物を渡

せとでも伝えたか……それで、喜八は安心して匕首を渡した。だが、お前はそれを使って、背中から喜八を刺した。よほど安心していないと奴が背中を刺されるわけがない。そうでなければ平仄があわぬ……どうだ？」

「本当はなにもせずに、そのまま喜八は帰る予定だったのです。ところがあのとき、喜八は気が狂ったように千恵さんを襲いました。私は恐ろしくなって動けずにいました……」

息を詰まらせながら、お篠は反論した。

「まぁ、よい。で、喜八を使ってそこまで千恵を辱めようとしたのはなぜだ？」

「……千恵お嬢様はけっこういじわるな人でした。お稽古場などでもそれは……陰でいろんないじわるをしていました」

「その腹いせで千恵を刺したのか」

「……あのとき、喜八が千恵さんを襲っているのを見ていたらまるで獣でした」

「なぜ千恵まで手にかけた」

「お嬢様が喜八を手引きをしたのはお前だろうといいだしたからです。真実を見抜いたわけではなく、腹いせに叫んだのでしょう。ですが、外に出たとき、周りにそんなことを喋られては困ることになります」

「殺すことはなかっただろう」

「逆上したお嬢様が匕首を持ったまま私に打ちかかってきたのです。自分の身を守るために私は逃げながら揉み合っているうちに……気がついたらお嬢さんが息を引き取っていました。驚いた私は階段の前で横にしたのです。これが真実です……本当に、事故だったのです」

ふうむ、と千太郎はため息をつきながら、

「甚内を殺したのも、お前か？」

「母を脅しにかかったから殺しました」

「…………」

その言葉に、千太郎は怪訝な顔をする。

「あの死骸には、お篠、お前が使っている鬢付け油の香りが漂っていたが……」

お篠はどこか慌てたように、言葉を継いだ。

「甚内が旦那様に、私の話を伝えるといいました。そんなことをされたらお久美様と私を家から追い出すことでしょう。それでなくても新しい店を開く用意をしているのですから。新たな女を迎えるために家具なども揃えているほどです。そんなときに昔捨てた子どもがそばにいるなど、黙っているわけがありません」

「新しく迎えるという女の話はお久美は知ってるのか」

「はい……ときどき旦那さまは客が来るとうれしそうに話をしていましたから。おそらくお久美様もご存知のことだと思います」

千太郎は考え込んだ。

「それで甚内を殺したのか」

「はい……私とお久美様の関係を知っている存在が邪魔になり殺しました」

「話を聞くともっともだがなぁ……まだ、腑に落ちぬ……お篠、本当にお前が甚内を殺したのか？」

間違いありません、とお篠は答えた。

千太郎は首を傾げる。

そこまで黙っていた由布姫が千太郎のそばに寄り、そっと耳うちをした。

それを聞いて、千太郎はすたすたとお篠に近づき、手首に巻いてあるさらしを解いた。

そこには、傷どころか染みもなかった。

「傷もないのに、どうしてこんな真似をしておる」

千太郎は、訊きながら殺気を感じて横を向いた。

自身番の外にのっそりと立っている浪人の姿が見えた。

弥市にお篠を捕まえておけ、と告げ、すたすたとどこかに歩きだした。

残された面々は、なにが起きたのかあっけにとられている。

六

自身番を出た千太郎は、両国橋を西に渡り空き地に出た。

広小路からちょっと離れたところだった。

風はない。

大川の流れはゆったりとしている。

夏の光は容赦ないが、千太郎は汗ひとつかいていない。

午後の日差しが、空き地の背の低い草に影を作っていた。

「待っていた」

浪人が後ろから追いついた。

「いつぞやの主《ぬし》であるな」

「目利き……今度こそ勝負だ」

「いやいや、今度ばかりはちと目利きが鈍ってしまったようだ」

「なに？」

「いえ、こちらのことだ気にせずともよい」

「おぬしの口調はどこか偉そうだが……どこぞのご大身の生まれか」

「そういうおぬしは、御家人崩れかな」

「……そんなことはどうでもよい」

「当たったらしい。やっと目利きの力が戻ってきた」

「抜け」

「いやいや、まだまだ」

「なにぃ？」

「おぬしを雇った人がやっとわかった」

「……そんなことはどうでもよい」

「そうか。ならば面倒だからさっさと決着をつけよう」

珍しく千太郎が先に抜いた。青眼に構える。

それだけで、すでに浪人の額に汗があふれている。熱波のせいだけではあるまい。

「やはり、おぬし……ただ者ではないらしい」

「いやいや、ただの目利きである」

慌てて抜いた浪人は、上段に構えた。

「なるほど、こちらが仕掛けたら、上から振り下ろそうという魂胆だな」

「…………」

「怪我をさせる前に名前を訊いておこう」

かすかに怯んだが、浪人は覚悟を決めたのだろう、岡村中右衛門《おかむらちゅうえもん》と答えた。

「岡村どの、ではまいる」

早く決着をつける理由があるのか、すすっと前進した。敵の動きを見て間合いを図る様子はなかった。

さぁっと動いたと思ったら、突然足を止めた。

かかってくるに違いない、と岡村は待っていたのだろう、その予測が外れてかすかに上半身がつんのめった。

その瞬間であった。

「隙あり！」

風に乗ったがごとく、千太郎の体は音もなく岡村の前にぴたりと吸い付き、

「すまぬな」

そういうと、剣先をついと袈裟《けさ》に振り下ろした。

片襟から出ている肌に血が滲んだ。

「傷は浅い。死ぬことはあるまい。すぐ止血してここから離れよ」

「…………」

「行かねば本当に斬る……」

威厳のある声に岡村は、眉を寄せる。

「おぬし……」

「いいから行け！」

首を手ぬぐいで止血しながら、じりじりと下がっていく。

それを見てから、千太郎はふと体の向きを変えた。

「そこに隠れているお人……」

空き地からすこし離れた黒松の陰から人が出てくる。

「あんたが……人形使いだったんだなぁ」

相手がにこりと笑みを浮かべた。

「つまり……操り人形の糸を握っていたんだ……人を騙す牝狐として」

「なんのことですか？」

「すべてはあんたが糸を引いていた、ということだ。私ももうすこしで騙されるところだった。目利きが曇ってしまったのかもしれぬ」

「はて……なんのことやら、さっぱり……」

「まぁ、私の話を聞いてもらおうか……お久美さん……」

「聞きましょう」

「あんたは、自分が産んだ子を手放していたことを後悔し始めていたのだろう。そこで、女中という名目で福丸屋に入れることにした。いつかは我が子だと表明する気があったのかな？」

「…………」

「いくらときが過ぎてもお篠を自分の娘だという機会が来なかった。なんとかしたいと願ったあんたは、東両国でとぐろを巻いていた喜八を使って、千恵を亡き者にしようと企んだ」

「まぁ、恐ろしい」

「母親のいいなりになって、お篠は喜八と千恵を殺した。お篠は計画違いの事故だと答えていたが、最初から狙っていたことではないのか？」

「さぁ……」

「私が甚内の家に忍び込んだとき、先客がいた。お篠かと思ったが、お久美さん、あんただったのだな？」

「はて、甚内が殺された日、私はどこにも出かけていませんが。それは、三次とお今が……」

「ふふ。それは無理だ。あのふたりは夢中になっていたに違いない。廊下を誰かが通り過ぎていったとしても、気がつかぬであろうよ」

「でも、それはただの推量でしかありませんね」

「確かな証拠はある。あの夜、賊とすれ違ったとき、お篠が使っている鬢付け油と同じ香りがした。そのためてっきりお篠かと思ったが、違う。あんただ。そして、同じ香りは甚内の死骸からも漂っていた。つまり甚内を殺したのは、お久美さん、あんたということになる」

お久美は妖艶な笑みを浮かべると、

「なかなか面白いお話ですが、匂いだけでは証拠になりません」

「ある」

「はて、それはなんです？」

「その右腕の傷だ」

さっとお久美のそばにより、袖をまくるとそこに傷があった。

「これが逃れられない証《あかし》だ」

「これは、包丁を使っているときに失敗した跡ですよ」

「ほう、そんなことをいっていいのかな？」

「はて」

「お篠が、母親を庇おうとしていたのを知っているであろう？」

「…………」

「傷などないのにわざと右手にさらしを巻いていたではないか」

心底、お久美は驚いていた。

「どうやら知らなかったらしい」

「甚内が殺されたのを知り、お篠はあんたが殺したことに気がついた。同じところにわざと目立つように、さらしを巻いたのだ」

「まぁ……」

お久美はふと目を閉じてから、また妖艶な笑みを浮かべる。

「負けました……でも、あなたの推量はちょっと違いますよ」

「どこがだ？」

「私は千恵を殺そうとしてお篠を操ってなんかいません。蔵のなかでお篠は抗《あらが》って喜八を殺した。その後、千恵がお篠にひどい言葉を浴びせたのです。もみ合いになったときに、間違って刺してしまった。これが真相です」

「そうか、最初から喜八は立てこもりをするつもりはなかったのだな？　風通しの窓が開いていた。それはお篠が開いたのだろう。だから声は外に漏れ行状が外にばれたというわけか……」

「喜八がだまってお篠のいうことを聞いていたら、あんなことは起きなかったのです」

「喜八は自分の首を絞めた、というわけか……で、甚内殺しは？」

「千恵が殺された後、甚内が今度は釜次郎を殺せ、と言い寄ってきたのです。私と祝言をして福丸屋をふたりのものにしよう、と。そんなことはできません。だから殺しました。もちろん、お篠の件で金を無心もされていましたし、それがいつまで続くかわからない。それならいっそいま殺してしまおうと思ったのです」

「なるほど、すべてはお篠が千恵を殺してしまったことから始まっていたのだな」

「お篠が可哀想でした」

「千恵が手籠めを受けたら、福丸屋の跡継ぎから消えると考えたのだな？」

「本気で喜八に手籠めにしろ、と頼んだわけではありません。世間にその噂が流れたらよかったのです。そうしたら千恵は婿取りが難しくなります」

「そこでお篠を自分の娘だと表明して婿取りをさせようとしたのか」

「でも、千恵を殺したところから歯車が狂い始めたのです」

「世の中、そんなものだ。悪事が成功したためしはない……ひとつだけあんたが知らぬ話がある。釜次郎が新しく店を出そうとしていたのを気がついていただろう」

「はい……」

「あれは、お篠にあげるつもりで探していたんだ。店は千恵に婿を迎えてふたりにまかせる。新しい店にはそれまで女中としていたお篠を正式に娘として迎えて、三人で暮らす予定だったのだ。やたらと若い女が着るような小袖やら、小物を集めていたというのは、お篠に渡すつもりだったからだ。つまりな……あんたがやったことはすべて無駄だったのだ」

　まさか、とお久美は呟く。

「でも、うちの人は新しい女を迎えるのだ、といいふらしていたと……」

「新しい女は、つまり、お篠のことなのだ。最初はお篠からあちこちの店に行かせられているという話を聞いて、釜次郎は女ができたのか、と思ったがそれにしては言動がおかしい。自分から店の者たちに女ができたなどというわけがない。それをあえて伝えてるのは、誰かに聞いてほしいからだと気がついた」

「まぁ……」

「つまり、あんたとお篠にお前たちの関係は知っているといいたかったに違いないと気がついた。そこで、謎が解けた。三人で新しくやり直そうとしているのではないか、となし」

「でも、千恵がいました」

「千恵には婿を取っていまの店を渡せばそれでいい」

そのとき、人の気配に気がついてお久美は後ろを振り返った。

「旦那さま……」

釜次郎であった。

後ろには、由布姫と弥市がいた。

突然、自身番から出て行った千太郎をつけてきたのだろう。

釜次郎がおもむろに語りだした。

「……お久美。私は長い間お篠のことが気にかかっていた。お篠が店に入ってきたときから気になっていましたよ。やはり母子はどことなく似てますからね。それで人を使って調べていたのです。そしてお巻という人を知りました」

「あぁそれでわかりました。新しい店を出そうとか、急にお篠に対してやさしくし始めたときがそうだったのですね」

「千恵が祝言したら、今度はお篠を自分の娘として迎えようと決心したのですよ。だから新しい土地を捜し、店を開こうとしていた……」

突然、お久美は笑いだした。

「ちっとも知らなかった。どうして早く教えてくれなかったのです」

「私はお前を嫁にすることで借金を棒引きにする、とお父上に伝えた。なぜだかわかるかね？ ただ、借金の形《かた》にするだけではなかったよ。本当に私はお前のことを好いていたからですよ……」

「……ずっと人身御供《ひとみごくう》だと思っていました」

「いつかわかってくれるだろうとは思っていたけど、お前は懐剣まで持ち続け、武家の誇りを捨てようとしてくれなかった」

それが辛かった、と釜次郎は目元を拭いた。

千太郎は、そばに来ていた弥市に向けて、お久美に縄を打てと命じた。

その瞬間、お久美は、懐剣を取り出し自ら首を切ろうとする。

ばたばたと慌てた音がした。

藤助の姿と一緒に、縄を解き放たれたお篠がいた。

「おっかさん！」

懐剣を取り出そうとするお久美に抱きついた。

「やめて、死なないで……」

そばに釜次郎が寄ってきて、お久美と名を呼んだ。

「そうだよ……死んではいけないよ」

わぁっと泣き崩れたお久美は、その場にしゃがみ込んだ。

その前に千太郎は、膝をついて、

「私は鬼でも蛇でもない。町方でもない。ただの目利きである。ひとつだけ教えてやる。自分からやりました、と波村平四郎という南町の定町廻りに自訴したら、罪一等を減じてくれるやもしれん。のぉ由布姫どの……」

その目は、後ろから手を回してくれと訴えていた。

「もちろんです」

由布姫は答えた。

抱き合って泣き合う母子を見ながら、釜次郎も目を押さえている。

夏の陽光はそれでも、容赦なく降り注いでいた。

「牝狐の夏が終わったな」

千太郎が、ため息とともに呟いた。

七

「やっ！」

「とう！」

またまた稽古場には威勢のいい声が鳴り響いている。

青い道着を着た千太郎。

そして、相手は白い道着を来て薙刀を抱えた由布姫である。

今日は、外稽古なのであった。

道場から表に出ると、夏の日差しがふたりの脳天を直撃する。

「こんな暑い日に外稽古とは」

千太郎が師匠の皆川惣右衛門に不服を申し立てたが、

「心頭滅《しんとうめっ》却《きゃく》すれば火もまた涼し」

その返答が戻ってきて、あっさり却下《きゃっか》された。

「こんなときだからこそ、外道場で稽古をすると、精神が鍛えられるのである」

あぁ、と千太郎は天を仰いで、暑いとひと言いったのだが、

「たまには、外で汗を流すのもいいではありませんか」

それもまた稽古の一貫だ、と由布姫はまるで師匠のような科白を吐いた。

「目眩《めまい》を起こして倒れても知らぬぞ」

「水をかぶったら、治ります」

「むむむ」

そしていまふたりは、空き地で稽古をしているのである。

だが、やはり由布姫としても暑いのだろう、なかなか本気で薙刀を振り回す気にはならないらしい。

「だから、この暑い外はやめようというたのだ」

「違いますよ」

「なにが違うと？」

「暑いからではありません」

「では、私の裸が気になるのかな？」

暑さしのぎに、千太郎は上半身裸なのである。

「そうだ、雪さんも私と同じような格好になれば、熱をしのげるやもしれんぞ」

「馬鹿なことをいわないでください」

「ほい、近頃、叱られてばかりであるなぁ」

「喜んでいるんじゃありません」

「おや、ばれたか」

ふたりは、目を合わせて笑った。

周りも暑さに負けているのだろう、なかなか稽古らしい声は聞こえてこない。

すこし木刀を交えては、

「休もう」

「おう、休もう」

「こっちも、そろそろ休もう」

「それがいい、休もう」

そんな声ばかりが飛んでいる。

皆川惣右衛門は、こら！　と声をかけるがあまりいうことを聞こうとしない弟子たちに、苦笑するだけである。

木陰に入ったとき、由布姫がしみじみといった。

「それにしても、大変な事件でしたねぇ」

汗を拭きながら、由布姫は千太郎を見つめて、

「手は打っておきました」

お久美の罪を軽くする算段はできた、といっているのである。

「それは重畳」

お篠は結局、喜八や千恵を殺した証拠がないのと、一度、事故と結論付けられているので、そのままになっていた。もちろん、その結果には波村平四郎が一枚嚙んでいることは間違いない。

「それにしてもひとつわからないことがあります。甚内は大男でしょう。それを細腕のお久美さんがどうやって首を絞めたのです？」

「なに簡単なことだ。お久美は縄かあるいは腰紐でも甚内の首にかけ、背中を合わせて背負って紐を引っ張った。男自身の重さで首は絞まる。その後に指で止《とど》めを刺したのだろう。女でもできる技だ。お久美は武家の出だ。ある程度の心得もあったのではないかな」

「あぁ、なるほど……それにしても、釜次郎はお久美さんとお篠さんのことを考えていたんですね」

「新しい店に女を入れるなどといわずに、最初からお篠を迎えると伝えていたら今度の事件は起きなかったかもしれん。あるいは、お久美の娘と気がついたとき話し合っていればよかった。遅すぎた気遣いであったなぁ」

「どうしてお篠さんを家に入れると、最初からいわなかったのでしょうねぇ」

「……お久美は気位が高くて、なかなか心を開かなかったというのも原因だろう。すべて遅かった、というわけだなぁ」

「……千太郎さまは遅くならないようにしてくださいよ」

「あ、なに？　私は遅くなどならぬぞ」

「では、そろそろ片岡屋から上屋敷に戻りますか？」

「ううむ……」

眉根を寄せる千太郎に、

「いえいえ、私もまだその気にはなれません」

「おや、私と祝言する気にはならぬと？　それは聞き捨てならん」

「そんなことはいってません」

「では、なんだ」

「こうです」

草の上に置いていた薙刀を取って、

「戦いに戻りましょう。いつまでも休んでいると皆川さまにお叱りを受けます」

「……待て、待て」

そういって、千太郎は手をひらひらさせ、由布姫を呼ぶような動作をした。

「なんです？」

手の動きに釣られて、由布姫はかすかに前に出た。

そのとたんであった。

「このほうがよい」

いきなり千太郎が、由布姫の体を抱き締めたのである。

「暑い、なにをこんなときに、暑い……」

しだいに由布姫の声が小さくなっていく。

「私たちは夏より暑いかもしれん」

千太郎の腕に力が込められた。

「はい……」

由布姫の体がとろけていく……。

夏はまだ盛りである。

時代小説

二見時代小説文庫

牝狐《めぎつね》の夏《なつ》　夜逃《よに》げ若殿《わかとの》　捕物噺《とりものばなし》11

著者　聖《ひじり》　龍人《りゅうと》

発行所　株式会社　二見書房
東京都千代田区三崎町二-一八-一一
電話　〇三-三五一五-二三一一［営業］
　　　〇三-三五一五-二三一三［編集］
振替　〇〇一七〇-四-二六三九

印刷　株式会社　堀内印刷所
製本　ナショナル製本協同組合

落丁・乱丁本はお取り替えいたします。
定価は、カバーに表示してあります。

ISBN978-4-576-14083-4
http://www.futami.co.jp/

夜逃げ若殿 捕物噺 夢千両 すご腕始末

聖 龍人〔著〕

御三卿ゆかりの姫との祝言を前に、江戸下屋敷から逃げ出した稲月千太郎。黒縮緬の羽織に朱鞘の大小、骨董目利きの才と剣の腕で江戸の難事件解決に挑む！

夢の手ほどき 夜逃げ若殿 捕物噺2

聖 龍人〔著〕

稲月三万五千石の千太郎君、故あって江戸下屋敷を出奔。骨董商・片岡屋に居候して山之宿の弥市親分とともに謎解きの才と秘剣で大活躍！ 大好評シリーズ第2弾

姫さま同心 夜逃げ若殿 捕物噺3

聖 龍人〔著〕

若殿の許婚・由布姫は邸を抜け出て悪人退治。稲月三万五千石の千太郎君との祝言までの日々を楽しむべく由布姫は江戸の町に出たが事件に巻き込まれた！

妖《あや》かし始末 夜逃げ若殿 捕物噺4

聖 龍人〔著〕

じゃじゃ馬姫と夜逃げ若殿。許婚どうしが身分を隠してお互いの正体を知らぬまま奇想天外な妖かし事件の謎解きに挑み、意気投合しているうちに…第4弾！

姫は看板娘 夜逃げ若殿 捕物噺5

聖 龍人〔著〕

じゃじゃ馬姫と名高い由布姫は、お忍びで江戸の町に出て会った高貴な佇まいの侍・千太郎に一目惚れ。探索に協力してなんと水茶屋の茶屋娘に！ シリーズ第5弾

贋若殿の怪 夜逃げ若殿 捕物噺6

聖 龍人〔著〕

江戸にてお忍び中の三万五千石の若殿・千太郎君の前に現れた、その名を騙る贋者。不敵な贋者の、真の狙いとは!? 許婚の由布姫は果たして…。大人気シリーズ第6弾

花瓶の仇討ち　夜逃げ若殿 捕物噺7

聖 龍人［著］

骨董目利きの才と剣の腕で、弥市親分の捕物を助けて江戸の難事件を解決している千太郎。許婚の由布姫も、事件の謎解きに健気に大胆に協力する！ シリーズ第7弾

お化け指南　夜逃げ若殿 捕物噺8

聖 龍人［著］

三万五千石の夜逃げ若殿、骨董目利きの才と剣の腕で、江戸の難事件に挑むものの今度ばかりは勝手が違う！ 謎解きの鍵は茶屋娘の胸に。大人気シリーズ第8弾！

笑う永代橋　夜逃げ若殿 捕物噺9

聖 龍人［著］

田安家ゆかりの由布姫が、なんと十手を預けられた！ 江戸下屋敷から逃げ出した三万五千石の夜逃げ若殿と摩訶不思議な事件を追う！ 大人気シリーズ第9弾！

悪魔の囁き　夜逃げ若殿 捕物噺10

聖 龍人［著］

事件を起こす咎人《とがびと》は悪人ばかりとは限らない。夜逃げ若殿千太郎君《ぎみ》は許嫁の由布姫と二人して難事件の謎解きの日々だが、ここにきて事件の陰で戦《おのの》く咎人の悩みを知って……。

与力・仏《ほとけ》の重蔵　情けの剣

藤 水名子［著］

続いて見つかった惨殺死体の身元はかつての盗賊一味だった…。鬼より怖い凄腕与力がなぜ〝仏〟と呼ばれる？ 男の生き様の極北、時代小説に新たなヒーロー！ 新シリーズ！

密偵《いぬ》がいる　与力・仏の重蔵2

藤 水名子［著］

相次ぐ町娘の失踪…かどわかしか駆け落ちか？ 手がかりもなく、手詰まりに焦る重蔵の、乾坤一擲の勝負の一手！ 〝仏〟と呼ばれる与力の、悪を決して許さぬ戦い！

間借り隠居　八丁堀 裏十手1

牧 秀彦［著］

北町の虎と恐れられた同心が、還暦を機に十手を返上。その矢先に家督を譲った息子夫婦が夜逃げ。間借りしながら、老いても衰えぬ剣技と知恵で悪に挑む！

お助け人情剣　八丁堀 裏十手2

牧 秀彦［著］

元廻同心、嵐田左門と岡っ引きの鉄平、御様御用山田家の夫婦剣客、算盤侍の同心・半井半平。五人の〝裏十手〟が結集して、法で裁けぬ悪を退治する！

剣客の情け　八丁堀 裏十手3

牧 秀彦［著］

嵐田左門、六十二歳。心形刀流、起倒流で、北町の虎の誇りを貫く。裏十手の報酬は左門の命代。一命を賭して戦うことで手に入る、誇りの代償。孫ほどの娘に惚れられ…

白頭《はくとう》の虎　八丁堀 裏十手4

牧 秀彦［著］

町奉行遠山景元の推挙で六十二歳にして現役に復帰した元廻方同心の嵐田左門。権威を笠に着る悪徳与力や仏と噂される豪商の悪行に鉄人流十手で立ち向かう！

哀しき刺客　八丁堀 裏十手5

牧 秀彦［著］

夜更けの大川端で見知りの若侍が、待ち伏せして襲いかかってきた武士たちを居合で一刀のもとに斬り伏せた現場を目撃した左門。柔和な若侍がなぜ襲われたのか……。

新たな仲間　八丁堀 裏十手6

牧 秀彦［著］

若き裏稼業人の素顔は心優しき手習い塾教師。その裏稼業人に、鳥居耀蔵が率いる南町奉行所の悪徳同心が罠をかけてきたのを知った左門と裏十手の仲間たちは…

魔剣供養　八丁堀 裏十手7

牧 秀彦［著］

御様御用《おためしごよう》首斬り役の山田朝右衛門から、世にも奇妙な相談が！　青年大名を夜毎悩ます将軍拝領の魔剣の謎とは？　廻方同心「北町の虎」大人気シリーズ第7弾！